미국
박물관
로드
50일

미국
박물관
로드
50일

박재평 지음

책세상

contents

워싱턴

몬태나

노스다코타

오리건

아이다호

와이오밍

사우스다코타

네브래스카

네바다
버지니아시티

유타
모뉴먼트밸리

덴버

캔자스스티

콜로라도

캔자스

도착

샌프란시스코

출발

캘리포니아

라스베이거스

세도나

앨버커키

오클라호

오클라호마시티

팜스프링스

애리조나

뉴멕시코

피닉스

댈러스

텍사스

샌안토니오

휴스턴

Arts & Crafts
Museum
John Wayne's
CABIN
EARTH SPIRIT
Multi Media Show
DINING ROOM
TOUR
REGISTRATION
Goulding's Lodge

위스콘신

미시간

메인

버몬트

뉴햄프셔

뉴욕

매사추세츠

시카고

인디애나

펜실베이니아

피츠버그

뉴욕

로드아일랜드

코네티컷

일리노이

오하이오

인디애나폴리스

웨스트
버지니아

워싱턴 D.C.

뉴저지

세인트루이스

켄터키

버지니아

델라웨어

리

내슈빌

테네시

노스
캐롤라이나

메릴랜드

멤피스

미시시피

앨라배마

조지아

사우스
캐롤라이나

지애나

뉴올리언스

플로리다

박물관 탐방 **미국 횡단 경로**

ENTRANCE

Western
Museum of
Mining and
Industry

새로운 도전

충분한 준비나 대단한 각오 없이 시작된 미국에서의 생활은 돌이켜보면 쉽지 않은 시간이었다. 아빠의 해외연수를 따라 온 가족이 미국으로 건너온 지 2년이 지난 지금은 가족 모두 새로운 환경에 적응해 알찬 생활을 하고 있지만 처음 몇 달은 엄청난 모험과 시련의 연속이었다.

초등학교 4학년 1학기를 마치고 미국에 건너온 나는 반 학년을 건너뛰어서 그해 8월에 5학년으로 미국 초등학교에 전학했다. 3월에 새 학년을 시작하는 한국과 달리 미국은 8월에 새로운 학년이 시작되므로 한국에서 미국으로 전학을 온 학생들은 반 학년을 건너뛰거나 낮춰야만 하는데 나는 학년을 높인 것이다. 학교 수업은 언어 장벽만 빼면 그다지 어려운 부분이 없었으나 문제는 선생님이 내주시는 숙제를 못 알아들을 때가 많았다는 것이다. 내가 다녔던 페어메도Fairmeadow 초등학교는 전 세계 IT 산업의 중심지인 캘리포니아 주 팔로알토Palo Alto에 있었기에 나처럼 해외에서 전학 오는 학생들이 종종 있는 편이었는데, 이상하게 도 학교 분위기는 전학생들에게 우호적이지 않았다. 아마도 이러한 나의 기억은 담임선생님이었던 '새백Sabbag'에 대한 섭섭함에서 비롯된 것 인지도 모르겠다.

전학 초기에 영어를 잘 알아듣지 못했던 나는 선생님께서 내주시는 숙제를 못해 가는 경우가 많았는데, 새백 선생님은 외국인 학생이 의사소통에 문제가 있는지를 확인하는 자상한 성격이 아니었던 것이다. 특히 수학 숙제가 많았는데 숙제가 성적에 많이 반영되다 보니 내 경우에는 시험은 백 점을 받고도 성적표에는 보통 이하로 기재되는 불운을 겪어야 했다. 숙제를 해오지 않는 불성실한 학생으로 낙인이 찍힌 셈인데 단 한 번이라도 나를 따로 불러 천천히 "재평 군 숙제는 반드시 해와야 한다"라고 이야기해주거나 '숙제를 해오게 집에서 지도해주세요'라는 쪽지를 부모님께 전달하라고 해줬으면 얼마나 좋았을까 하는 생각을 했었다.

하지만 언어적, 문화적 차이에서 겪은 미국 학교의 높은 벽은 의사소통이 자유로워지면서 완전히 해결되었다. 지금 생각하면 페어메도 초등학교에서의 혹독한 시련이 나를 강하게 단련시켜주었던 것 같다.

내 동생 세하도 페어메도 초등학교에 입학한 첫날 낯선 환경에 너무

당황한 나머지 계속 눈물이 났다고 했는데 이제는 즐겁게 학교를 다니고 있다. 얼마 전에는 샌프란시스코에서 열린 쇼팽 피아노 콩쿠르에서 쟁쟁한 미국 아이들을 제치고 우승을 했을 정도로 완벽하게 적응을 마쳤다. 그리고 아빠도 대학원 첫 학기 수업을 듣고 오셨을 때는 "나, 졸업 못할 거 같아" 하시며 엄살을 부리셨는데 지금은 남들보다 먼저 졸업 논문을 통과하고 여유를 즐기고 계신다.

이렇게 미국 생활에 적응을 마친 우리 가족은 미국에 오기 전부터 꿈꿔왔던 도전을 실천에 옮기기로 했다. 이 거대한 북미 대륙을 횡단하는 여행을 하기로 한 것이다. 그런데 단순한 여행이 아닌 테마가 있는 여행을 하는 게 좋겠다고 엄마가 말씀하셨고, 나는 이 기회에 내가 오래전부터 소망하던 일을 해보기로 했다. 바로 미국 구석구석을 다니면서 박물관을 탐방해보는 것이었다. 박물관은 살아 있는 역사를 만날 수 있는 장소이며 역사 속에 등장하는 수많은 사람들의 생활을 확인할 수 있는 곳이기 때문에 그저 단순한 구경거리 이상의 의미를 지닌 곳이다. 그리고 '역사는 기록하는 자의 것'이라는 말이 있듯이 나는 박물관을 통해 기록해놓은 세계 최강국 미국의 역사를 알고 싶었다.

300년도 되지 않는 짧은 역사를 지닌 미국이 막강한 힘을 과시하게 된 원동력은 과연 무엇일까? 풍부한 자원 덕택일까? 아니면 핵으로 무장한 막강한 군사력 덕분일까? 결론부터 말하자면 풍부한 자원과 군사력은 미국을 강대국으로 만든 필요조건은 되겠지만 충분조건은 아니다. 아랍 여러 나라들이 석유라는 천연자원으로 이미 반세기 전부터 부자 나라가 된 지 오래고 남미 여러 나라들도 이에 못지않은 풍부한 자원을 보유하고 있다. 구소련은 미국 못지않은 군사력을 자랑했지만 역사의 한 페이지만을 장식했을 뿐 이제는 이 세상에 존재하지 않는다. 그렇다면 한 나라가 강대국이 될 수 있는 비결은 어디에 있을까? 나는 그 해답을 역사를 바라보는 국민의 의식에서 찾을 수 있다고 생각해왔다. 그렇다면 미국 역사가 보존된 박물관에서 미국인들이 어떠한 사상과 이념으로 역사를 만들어왔는지를 살펴보면 그 답을 얻을 수 있지 않을까? 이것이 내가 미 대륙을 횡단하는 박물관 여행을 계획하게 된 이유다.

나의 박물관 탐방 계획을 들으신 아빠는 "그거 좋은 생각이구나. 그렇다면 이번 미국 일주 계획을 네가 한번 세워보는 게 어떻겠니?"라는 제안을 하셨다. 헉! 나보고 여행 계획을 세우라니?! 막막하기는 했지만 일단 나는 아빠에게 지난 일 년 동안 작성한 '가보고 싶은 박물관 목록'을 보여드렸다. 아빠는 우리가 방문할 박물관 위치에 따라 여행 경로를 정하고 세부 계획을 세우는 데 도움을 주셨다. 여행은 우리가 사는 팔로알토를 출발해서 팜스프링스를 거쳐 모뉴먼트밸리를 지나 콜로라도와 캔자스를 거쳐 시카고와 뉴욕을 지나 워싱턴 D.C.를 거쳐 멤피스, 뉴올리언스, 휴스턴을 지나 앨버커키를 거쳐 라스베이거스를 지나서 다시 샌프란시스코로 돌아오는 총 9,000마일(대략 1만 4,000킬로미터)에 달하는 대장정이었고 기간은 무려 50일이 걸리는 우리 가족 최대의 이벤트였다.

박물관의 나라 미국

미국은 박물관의 나라다. 미국 주요 도시에는 어김없이 역사박물관, 과학박물관, 소방박물관, 미술관 등등이 있으며 조금이라도 이름이 알려진 대학은 거의 모두 박물관을 세우고 대학의 특색에 맞는 전시물을 소장하고 있다.

큰 도시뿐만 아니라 조그만 마을에도 박물관이 있다. 마을 사람들이 십시일반으로 집 안에 있던 오래된 골동품을 기증해 박물관을 만들고 동네 어른들이 번갈아 가며 박물관에서 자원봉사를 하신다. 박물관은 살아 있는 역사를 만날 수 있는 장소로, 초중등학교에서는 수시로 지역 박물관으로 소풍을 가 수업을 진행한다. 이때 자원봉사자들이 박물관 여기저기서 학생들을 안내하거나 전시물에 대한 설명을 해준다.

2009년 겨울, 미국 캘리포니아 팔로알토에 있는 터먼 중학교Terman middle School에 다니던 나는 학교에서 50분가량 떨어진 샌프란시스코로 일명 필드 트립Field trip이라고 부르는 현장 학습을 갔다. 우리가 찾아간 곳은 샌프란시스코에서도 아름답기로 유명한 피셔맨스워프 Fisherman's Wharf, 즉 고기잡이배가 드나드는 항구 바로 옆에 있는 41번 항구 선착장이었다. 이곳에 정박해 있는 오래된 배가 우리의 목적지였다.

해마다 여름이면 피셔맨스워프에는 관광객이 넘쳐나는데 백 년이 넘는 역사를 지닌 노점상들이 광장 끝에 자리를 잡고 던전네스 크랩을 통째로 삶아서 팔거나 게살로 샌드위치를 만들어 파는데 그 맛이 정말 일품이다. 광장 입구에는 이백 년 가까운 역사를 자랑하는 보딘 빵집이 있다. 보딘 빵집에서 파는 클램차우더는 통조림으로 만들어져 전 세계에 수출될 정도로 맛있는데 역시 이곳에서 만드는 사워 도라는 약간 시큼한 빵을 이 클램차우더에 찍어 먹으면 환상적인 맛의 궁합을 경험할 수 있다. 피셔맨스워프에서 그 유명한 금문교 쪽으로 걸어오다 보면 언덕배기에 기라델리 초콜릿 본점이 보이는데 이곳은 원래 기라델리 초콜릿 공장이 있던 곳이다. 공장은 오래전에 다른 곳으로 이전했고 그 자리에 기라델리스퀘어라는 공간을 조성해서 관광명소로 만들어놓았다. 이곳의 아이스크림선디는 죽기 전에 반드시 맛봐야 할 음식 가운데 하나로 꼽힌다.

이렇게 디저트까지 섭렵하면 샌프란시스코의 명물인 케이블카를 타고 파월스트리트를 따라 유니온스퀘어까지 돈 뒤 꾸불꾸불한 도로로 유명한 롬바드스트리트에 잠시 내려서 기념사진 촬영을 한다. 롬바드스트리트가 끝나는 지점에서 가로로 놓인 길을 따라 조금만 내려오면 바다 위에 낯익은 섬이 하나 나타난다. 섬 위에는 4층인지 5층인지 잘 보이지는 않지만 오래된 하얀색 건물이 왠지 모르게 을씨년스럽게 서 있다. 바로 숀 코너리와 니컬러스 케이지 주연의 영화 〈더 록〉에 등장한 '알카트라즈 섬'이다. 시카고 마피아의 대부였던 '알 카포네'가 실제로 수감 생활을 했던 곳이며 태평양에서 샌프란시스코 만으로 흐르는 빠른 해류 때문에 누구도 탈옥에 성공하지 못했던 악명 높은 교도소가 그곳에 있다. 시간이 허락한다면 33번 항구에서 알카트라즈 섬으로 떠나는 관광선을 타고 섬을 돌아볼 수 있다.

이상은 샌프란시스코를 찾는 관광객 중에서도 부지런하고 시간 여유가 많은 이들이 최소한 이틀 정도의 시간을 투자하면 경험할 수 있는 코스다. 하지만 맛있는 음식을 먹고 관광지를 다니는 것으로 샌프란시스코를 다 파악할 수 있을까? 이제 이렇게 유명한 코스만 찾아다니는 관광객은 절대로 알 수 없는 것을 얘기하고자 한다. 피셔맨스워프에는 '바클루타Balclutha'라는 범선이 있으며 바로 이 범선이 박물관이라는 사실을 말이다. 샌프란시스코에 사는 사람들조차도 41번 부두에 '바클루타'가 있다는 사실을 잘 알지 못한다.

이 바클루타가 바로 필드 트립의 목적지였다. 우리는 이곳에서 하룻밤을 자면서 직접 선원이 되어서 갑판을 닦고 식사와 잠자리를 준비했다. 1886년에 건조된 이 배는 1930년 퇴역할 때까지 샌프란시스코에서 알래스카와 하와이 그리고 오스트레일리아를 오가며 연어와 석탄, 목재를 실어 나르던 무역선이었다.

샌프란시스코는 미국 서부를 대표하는 무역항이다. 샌프란시스코라는 도시가 발전할 수 있었던 것은 이곳이 항구였기 때문이다. 따라서 이 '바클루타'는 샌프란시스코의 중요한 역사적 유물인 셈이다. 샌프란시스코 국립해양역사공원 소유로서 현재 박물관으로도 이용되는 이 배는 양호한 보존 상태와 운항할 당시의 상세한 설명과 기록으로 2009년에

무역선 바클루타를 개조한 박물관.

국가해설가협회National Association for Interpretation 상도 수상했다고 한다. 역사적 유물에서 박물관으로 변신한 이 배에서의 하룻밤은 내게 신선한 충격을 주었고, 미국의 다른 박물관들은 과연 어떤 모습일까 하는 호기심을 자극하는 계기가 됐다.

미국 박물관 탐방을 준비하며

나는 바클루타 필드 트립을 계기로 틈틈이 미국 박물관에 대해 자료를 모으기 시작했다. 우선 내가 살고 있는 지역의 박물관부터 자료 조사를 시작했다. 힐러 항공박물관, 미국전통유산박물관, 산마테오 지역역사박물관, 금문교철도박물관, 로스알토 역사박물관, 혁신기술박물관, 인텔 박물관, 컴퓨터 역사박물관 등등 반경 50킬로미터 내에 백여 개의 박물관이 있었다. 이곳들을 다 방문하려면 오전에 한 곳 오후에 한 곳씩 하루에 두 곳을 잡더라도 몇 달이 걸린다. 그러면 미국 전체에는 몇 개의 박물관이 있을까? 인터넷 백과사전인 위키피디아에 따르면 미국에는 최소한 11만 5,000여 개의 박물관이 있다고 한다. 하루에 한 곳씩 방문을 하더라도 315년 이상이 걸린다. 이 많은 박물관을 다 둘러보기란 불가능한 일이다. 그리고 또 하나 고려해야 할 것은 미국의 박물관을 둘러보기 위해서는 미국을 일주해야만 한다는 점이다. 꿈 많은 중학생이던 내가 미국 박물관 탐방을 계획하면서 마음은 한없이 들떠 있었지만 그 꿈이 현실로 다가올 거라고는 그리고 그렇게 일찍 실현될 거라고는 생각하지 못했다.

나는 1년 동안 작성한 박물관 목록을 다시 꺼내 보았다. 그리고 우리 가족이 미국을 횡단하는 동안 방문이 가능한 박물관을 하나씩 체크하기 시작했다. 미국을 지그재그로 다니면서 박물관을 탐방한다면 1년이 걸려도 다 할 수 없기에 아빠와 미국 일주 코스를 같이 정하기로 했다. 아빠는 지도를 펼쳐서 당신이 생각하는 미국 일주 코스를 먼저 설명해주셨다.

이렇게 미국 지도를 보면서 설명을 들으니 이번 여행이 얼마나 큰 모험인지를 알 수 있었다. 샌프란시스코에서 뉴욕까지 가장 짧은 거리로 횡단하는 80번 고속도로를 이용해도 4,480킬로미터나 된다. 서울에서 부산까지 가는 거리의 열 배이고 시속 100킬로미터 속도로 쉬지 않고 달려도 44.8시간이 걸린다. 게다가 우리는 미국 대륙을 위아래로 훑으면서 횡단하는 셈이니 거리도 더 늘어나며, 뜻하지 않은 돌발 상황에 부딪쳐 시급히 대처해야 할 경우도 생길 수 있다. 여기에 내가 방문을 원하는 박물관까지 포함시키면 여정은 더욱 복잡해질 수밖에 없는 일이다. 나는 내가 탐방하고 싶은 박물관을 여행 일정에 맞춰야 할 필요성을 느꼈다.

우리 가족은 금방 분업 체제에 돌입했다. 아빠는 전체 일정을 정하는 일과 숙소 예약을 담당하고 엄마는 각 지역의 저렴하고 맛있는 음식점을 미리 조사했다. 나는 우리가 방문하는 도시에 특화된 박물관을 사전 조사하는 역할을 맡았다.

우선 미국 일주 동선에 따라 박물관을 검색했다. 피닉스의 허드 박물관, 콜로라도스프링스의 서부광산·산업박물관, 인디애나폴리스의 홀 오브 페임(자동차경주박물관)과 워싱턴 D.C.의 스미소니언 박물관 등등을 검색하면서 나는 박물관 탐방의 두 가지 원칙을 세웠다.

첫째 반드시 박물관 설립 배경을 알고 가자는 것이다. 박물관이 왜 그 자리에 세워졌는지 그리고 그 박물관이 담고 있는 메시지는 무엇인지 미리 조사해야 한다. 박물관의 설립 배경을 아는 것은 박물관을 이해하는 가장 큰 단서이므로 정보를 미리 얻을 수 없다면 반드시 박물관 입구에서 안내원에게 물어보는 것이 좋다.

둘째 박물관의 특별한 이벤트를 미리 확인해보고 참여할 수 있는 일정을 짜는 것이다. 그런데 이 두 번째 원칙은 전체 여행 일정과 맞추기가 어려워서 잘 지켜지지 못했다. 하지만 워싱턴의 스미소니언 박물관을 방문했을 때는 마침 이 박물관이 배경이 됐던 〈박물관은 살아 있다 2〉가 스미소니언 박물관에서 개봉하는 날이어서 평생 기억에 남을 추억을 만들 수 있었다. '내가 지금 있는 곳이 바로 영화에 등장하는 곳이라니!' 나는 영화를 보고 나서 바로 영화에 등장했던 곳을 실제로 보게 되는 엄청난 경험을 한 것이다.

미국의 6월과 7월은 여행 다니기 정말 좋은 계절이다. 50일간의 미국 일주를 하며 들렀던 다양한 박물관과 생생한 에피소드를 이 책에서 소개하고자 한다.

1장 아메리카 원주민의 슬픈 역사

Palm Springs & Phoenix

미국 일주를 위해 차를 타고 고속도로를 달리면서도 나는 좀처럼 이 여행이 실감이 나지 않았다. 다른 친구들은 스탠퍼드 대학교에서 진행하는 컴퓨터 프로그래밍에 꼭 필요한 자바JAVA 프로그램이며 존스 홉킨스 대학에서 하는 CTYCenter for Talented Youth는 물론 근처 대학교에서 운영하는 서머 캠프에 참가해 여름에도 비지땀을 흘리며 열심히 공부하는데 이렇게 놀아도 되나 하는 불안감이 몰려온 것이다. 하지만 이미 시작한 여행을 후회해봤자 소용없다.

아빠가 하루에 적어도 대여섯 시간씩 운전한다고 하셨으니까, 그동안 영어 단어도 외우고 책도 틈틈이 읽자고 생각한 나는 느긋하게 《케네디가의 저주The Kennedy Curse》를 꺼내 읽기 시작했다. 내가 가장 존경하는 인물 가운데 한 사람이 케네디다. 그래서 나는 늘 그에 관한 책을 가지고 다녔다. 지금도 내 책꽂이엔 케네디와 관련한 책이 열 권 가까이 꽂혀 있다.

케네디는 지도자로서 탁월한 결단력과 혜안을 갖춘 인물이었다. 달에 사람을 보내겠다는 공언을 실천한 것도, 쿠바의 미사일 위기를 슬기롭게 극복할 수 있었던 것도 그의 결단력이 이뤄낸 성과였다. 그리고 오늘날 미국이 전 세계에서 가장 앞선 교육 시스템을 갖추게 된 것도 그의 치적 중에 하나다. 특히, 체육 교육에 큰 비중을 둠으로써 건강한 육체에 건강한 정신이 깃든다는 생각이 미국 사회에 자리 잡도록 했다. 미국 학교에서는 공부는 잘하지만 운동이나 예능에는 소질이 없는 아이들을 너드Nerd라고 부르는데, 학생들은 이 너드라는 호칭을 매우 부끄럽게 여긴다. 왜냐하면 공부로 전교 일등을 하더라도 리더십과 체력이 부족하면 또래 학생들의 인정을 받지 못하기 때문이다. 이러한 진취적 성향이 교육을 통해 배양된 데에는 케네디의 공이 크다.

방귀쟁이 세하

책을 읽으면서 종종 내다보는 풍경은 말 그대로 광활함 그 자체였다. 샌프란시스코에서 LA로 향하는 5번 고속도로는 내가 한 번도 본 적 없는 일직선의 긴 도로였다. 말로만 들었지 서울에서는 볼 수 없었던 지평선을 이 도로를 타고 가면서 질리도록 볼 수 있었다. 아빠가 이따금 "야, 눈 감고도 운전하겠다"고 말씀하실 정도였다. 자칫 지루할 수도 있는 운전이라서 우리는 아빠의 졸음을 쫓기 위해 다양한 방법으로 긴장감을 조성해야 했다. 노래를 부르기도 하고 재미있는 이야기를 하기도 했지만, 아빠의 졸음을 쫓는 가장 확실한 방법이 있었으니 그것은 다름 아닌 동생 세하의 '방귀'였다.

여기서 알아두어야 할 것은 세하가 5분마다 연속으로 방귀를 뀔 수 있는 '방귀쟁이'라는 점이다. 우리 가족의 불쌍한 코는 이제 세하의 방귀 냄새에 어느 정도 익숙해져 있었지만 어떤 날은 그 냄새가 유난히 심했다. 정확히 5분 간격으로 창문을 내렸다 올렸다를 반복하며 달리던 아빠가 더는 못 참으시겠는지 "세하야, 다음 휴게소에서 잠깐 쉴 테니까 제발 똥 좀 싸고 오거라" 하셨다. 세하도 잦은 방귀에 엉덩이가 얼얼했는지 선뜻 그렇게 하겠다고 대답했다. 하지만 미국 고속도로에 휴게소가 자주 있지는 않아서 한참을 더 달린 후에야 휴게소에 다다를 수 있었고 그사이 우리는 세하의 방귀 냄새를 수도 없이 참아내야 했다. 휴게소에 도착한 우리는 바로 화장실로 향했고 개운한 상태에서 끼니를 해결할 곳을 찾았다.

미국의 고속도로 휴게소에서 가장 많이 볼 수 있는 음식점은 부동의 1위가 맥도날드이고 그다음이 버거킹, 피자헛 그리고 켄터키 프라이드

치킨 순이다. 문제는 우리 가족이 위에 나열한 패스트푸드를 먹는 일이 1년에 한 번 있을까 말까 한다는 점이다. 고민 끝에 고개를 돌려보니 '인 앤드 아웃 버거'라는 곳이 눈에 띄었다. 아빠는 어디서 들으셨는지 "저기 햄버거가 그래도 괜찮다고 하던데 오늘은 저기서 점심을 해결하자"라고 말씀하시면서 우리를 이끄셨다. 엄마는 "햄버거 하나가 칼로리가 얼만데……" 하시면서 마지못해 따라가셨고, 나와 세하는 워낙 고기를 좋아해서 기대에 부풀어 아빠를 따라 들어갔다.

결과는 탁월한 선택이었다. 다른 패스트푸드점과 달리 주문과 동시에 햄버거를 만들었고 냉동 감자를 쓰지 않고 통감자를 바로 썰어서 튀겨낸 프렌치프라이의 맛은 신선했다. 패스트푸드인 햄버거가 건강에 좋지 않다는 것은 모두가 아는 이야기이지만, 아빠는 몸에 좋지 않은 음식이 맛까지 형편없으면 그거야말로 최악이라며 인 앤드 아웃 버거는 최소한 맛 한 가지는 만족시키는 것 같다고 평했다. 햄버거로 배를 든든히 채운 우리 가족은 오늘의 목적지인 베스트웨스턴 호텔을 향해 또다시 5번 고속도로를 질주했다.

미국의 다양한 숙박 시설

미국을 여행하다 보면 다양한 형태의 숙박 시설을 경험할 수 있는데,

대도시에서 흔히 볼 수 있는 고급 호텔과, 대도시는 물론 중소도시와 고속도로 변에서 흔하게 볼 수 있는 베스트웨스턴, 홀리데이인과 햄튼인 같은 인Inn급 숙박 시설 그리고 베드 앤드 브랙퍼스트Bed and Breakfast, 줄여서 비 앤드 비B&B 같은 소규모 숙박 시설로 대략 구분할 수 있다.

비 앤드 비의 경우는 말 그대로 숙박과 아침 식사를 제공하는 호텔 급 숙박 시설로 미국의 전통적인 주택과 문화를 체험할 수 있는 반면 요금이 고급 호텔과 비슷하거나 더 비싸다는 것이 흠이다. 대도시에 있는 고급 호텔의 경우 시설은 좋으나 주차요금을 매일 25~60달러까지 따로 내야 하고, 인터넷 이용 시 매일 10달러 안팎의 추가 요금을 내야 한다. 그리고 방이 작고, 방에 냉장고가 없는 곳도 있어서 가족 단위 여행객에게는 조금 불편할 수도 있다. 하지만 안전하다는 이점도 있다. 베스트웨스턴이나 홀리데이인, 햄튼인 같은 경우는 고급 호텔 바로 아래 급의 숙박 시설로 체인점이 곳곳에 있어서 이용이 편리하고 방에 큼지막한 냉장고와 전자레인지가 있어서 간단한 조리를 할 수 있으며, 대부분 근처에 월마트 같은 슈퍼마켓이 있어서 음식을 조달하기가 용이하다는 장점이 있다. 아울러 무료로 인터넷을 이용할 수도 있고 간단한 아침을 제공하므로 가족 단위 여행객에게 적합한 선택이 될 수 있다. 또한 한 달 이상 장기 렌트를 하고 직접 요리해서 먹을 계획이라면 익스텐디드 스테이 아메리카Extended Stay America 같은 곳에서 묵으면 좋다. 장기 렌트의 경우 꽤 많은 할인을 받을 수 있다는 이점이 있다.

여행 목적에 맞는 숙소의 선택 폭이 크다는 것은 미국 여행의 장점이다. 숙소를 선택할 때 가장 중요한 팁은 호텔을 예약하기 전에 시설과 서비스를 반드시 체크해야 한다는 점이다. 그리고 평소에 비싼 호텔이 갑자기 싼 요금으로 나왔을 때는 호텔이 보수 공사 중이거나 기타 다른 문제로 쾌적하지 않을 수도 있으니 상황을 꼭 확인해봐야 한다. 실제로 우리가 묵었던 호텔 중 한 곳은 보수 공사가 진행 중이라 묵는 내내 역한 페인트 냄새를 감수해야만 했다.

샌저신토 산에서 먹은 전갈 사탕

"미국 지명이나 호텔 이름에 '스프링Spring'이라는 단어가 들어가면, 그곳엔 반드시 온천이나 스파가 있다는 뜻이란다. 스프링이라는 단어를 찾아보면 봄이라는 뜻 말고 온천이라는 뜻도 있거든."

아빠의 말씀을 듣고 팜스프링스Palm Springs에 대한 기대에 차 있는데, 차창 밖으로 보이는 건 온통 돌산과 사막뿐이다. 엄마의 표현을 빌리자면 마을이라곤 그림자도 안 보이는데 도대체 팜스프링스가 어디에 붙어 있는지 알 길이 없었다. 그러다가 갑자기 하늘에서 뚝 떨어진 것처럼 예쁜 마을이 나타났다.

캘리포니아 역사는 아무것도 없던 황량한 땅으로 이주한 사람들이 금

팜스프링스 시내에서 본 아메리카 원주민 조각상.

을 캐고 농사를 지으면서 시작됐는데, 사람의 힘으로 거친 자연을 극복하고자 했던 굳센 의지가 있었기에 가능한 일이었다. 물론 서양인들이 몰려오기 전에도 이곳에는 다양한 아메리카 원주민 종족들이 흩어져 살고 있었다. 차이가 있다면 아메리카 원주민들은 자연에 순응하며 살았고 미 동부에서 몰려온 백인들은 자연을 극복해나가면서 마을과 도시를 건설했다는 점이다. 아무튼 팜스프링스는 인공으로 만든 도시답게 모든 것이 화려하고 멋있었다.

그런데 사막 한가운데 있는 이런 도시에 어떻게 물과 전기를 공급하는 것일까? 나의 이런 궁금증은 팜스프링스 주변에 무수히 서 있는 풍력발전기를 통해 쉽게 해결됐다. 물은 지하수를 이용하는데 30퍼센트의 캘리포니아 사람들이 생활에 필요한 물을 지하수로 공급받는다. 특히 가뭄일 때는 지하수 이용률이 60퍼센트에 달한다.

팜스프링스에서는 에어리얼 트램웨이Aerial Tramway를 꼭 타봐야 한다. 팜스프링스에서 가장 높은 샌저신토 San Jacinto 산 꼭대기까지 운행하는 이 트램을 타면 백두산보다 무려 500미터가량 더 높은 3,292미터의 산을 편하게 올라갈 수 있다. 또한 돌로 이루어진 샌저신토의 웅장한 규모와 색다른 매력을 이 트램을 타는 동안 마음껏 즐길 수 있다.

산 정상에 올라가면 고도차 때문에 한여름에도 선선한 느낌을 받는다. 눈이 오지 않는 남부 캘리포니아지만 산 정상에는 겨울에 눈이 내린다고 하니 고도 차이에 의한 날씨 변화가 생각보다 크다는 것을 알 수 있었다. 그래서인지 트램에서 내리면 바로 보이는 상점에는 한여름에도 두툼한 겨울옷을 팔고 있다. 샌저신토 산 정상에 올라가는 사람은 한여름이라도 차갑고 건조한 바람으로부터 몸을 보호하기 위해 긴 소매 옷을 여분으로 가지고 가는 것이 좋다.

이곳에는 단연 눈에 띄는 기념품이 하나 있다. 캘리포니아 사막에서 살고 있는 전갈을 넣어 만든 사탕이 바로 그것이다. 놀라운 것은 실제로 먹을 수 있다는 점인데, 아프리카 오지도 아닌 미국 한복판에서 전갈을

샌저신토 산으로 올라가는 트램에서 찍은 전경. 화면 오른쪽으로 팜스프링스 시내가 보인다.

팜스프링스 근처 사막의 풍력발전기들.

샌저신토 산 정상에서 파는 진짜 전갈이 들어간 사탕.

넣은 사탕을 판다는 사실이 그저 놀라울 뿐이었다.

아메리카 원주민의 역사를 담은 허드 박물관

"무슨 날씨가 이렇게 덥냐?" 숙소 밖으로 나서자마자 터져 나온 말이
다. 팜스프링스에서 정말 아무것도 안 보이는 사막을 동쪽으로 무려 4
시간 30분을 달려오면서 이미 쨍쨍 내리쬐는 햇볕과 한바탕 싸움을 치
르긴 했지만 그냥 맨몸으로 피닉스Phoenix의 더위를 느끼니 지옥이 따
로 없다는 생각이 들 뿐이었다. 그런데 나를 더욱 놀라게 한 것은 이 더
위가 한풀 꺾인 거라는 현지인의 말이었다. 우리가 도착하기 전날의 기
온은 화씨로 110도가 넘었다고 한다. 우리가 쓰는 섭씨로 고치면 무려
40도가 넘는 고온이 일주일 동안 계속되었다는 것이다. 지금 기온인 화
씨 100도 정도는 이곳에선 그다지 더운 축에 들지도 않는다. 이런 더위
에 사람이 살 수 있다니 놀라울 뿐이었다.

이렇게 더운 피닉스에 아메리카 원주민의 문화와 유물이 잘 보존된 것
으로 유명한 허드 박물관Heard Museum이 있다. 오래전 바로 이곳에 아메
리카 원주민들이 살았다는 얘기인데 지금이야 에어컨의 혜택으로 더위
를 피할 수 있지만, 그 옛날 이곳의 원주민들은 이 더위를 고스란히 감당
해내야 했으니 얼마나 힘들었을까 생각을 하며 애리조나 주를 대표하는

허드 박물관에 들어섰다.

이곳에서 나는 아메리카 원주민을 괴롭힌 건 애리조나의 맹렬한 더위가 아니라 백인들의 무자비함이었음을 알게 됐다. 서부 개척 시대 백인들은 아메리카 원주민들을

피닉스 허드 박물관 앞의 안내판.

그들의 고향에서 추방하고 대량학살을 자행했다. 대대손손 살아온 삶의 터전을 내놓으라고 하면 어느 누가 순순히 물러서겠는가? 원주민들의 저항은 당연했고 백인들은 제 이익을 위해 수많은 원주민을 살육했다. 전투 중에 전사한 원주민 추장 테쿰세가 내렸다는 저주는 백인들에 대한 원주민들의 증오를 대변한다.

아메리카 원주민의 전설적인 저항 지도자 테쿰세는 원주민 토벌에 용맹을 펼쳤던 윌리엄 해리슨에게 패해 목숨을 잃었는데 그의 죽음 이후 테쿰세의 저주가 회자되면서 사람들의 호기심을 자극해왔다. 0으로 끝나는 해에 당선된 대통령은 임기 중에 죽을 것이라는 게 이 저주의 내용으로, 테쿰세를 죽인 대군을 이끈 윌리엄 해리슨은 테쿰세가 죽은 얼마 후 폐렴으로 죽었다. 윌리엄 해리슨은 1840년에 당선된 대통령이다. 그리고 1860년, 1880년, 1900년…… 이렇게 20년마다 당선된 대통령들은 모두 임기 도중에 사망한다. 하지만 이 저주는 1960년에 당선된 존 F. 케네디까지만 유효했다. 1980년에 당선된 로널드 레이건은 암살자

의 총에 맞았지만 구사일생으로 살아났고, 2000년에 당선된 조지 W. 부시도 두 번의 위기가 있었지만 무사했기 때문이다. 하지만 가까운 곳에 병원이 없었으면 레이건 대통령도 저주를 피해갈 수 없었을 터이며, 테쿰세가 살았던 시대의 의학이었다면 레이건은 상처를 완전히 고치지 못하고 임기 중에 죽었을 거라고 생각하는 사람들도 있다. 이들은 1994년 레이건이 알츠하이머 진단을 받은 것도 저주의 결과라고 믿는다. 조지 W. 부시가 레이건 이후 테쿰세의 저주는 효력을 잃은 것 같다고 얘기했다지만 그것은 앞으로 2020년에 당선될 대통령이 어떻게 되는지 지켜봐야 알 수 있지 않을까?

아메리카 원주민의 역사를 일목요연하게 볼 수 있는 허드 박물관은 아메리카 원주민 관련 박물관 가운데 최고의 권위를 자랑하는 곳으로 2012년에는 피닉스 최고의 박물관으로 선정되었고 트립어드바이저tripadvisor에서 수여하는 최우수 박물관으로 뽑히기도 했다.

허드 박물관을 통해 알게 된 아메리카 원주민의 역사는 한때 일본에게 나라를 빼앗겼던 우리 역사를 떠올리게 했다. 드넓은 아메리카 대륙에서 자유롭게 살아가던 원주민들은 유럽에서 이주한 백인들과 전쟁을 치르면서 그들이 살던 땅에서 쫓겨나 '보호'라는 명목으로 백인들이 쳐놓은 울타리 안에서 살아가는 신세로 전락했다.

아메리카 원주민과 미 정부군과의 전쟁은 수많은 원주민 고아를 남겼는데 미국 정부가 이들을 떠안으면서 기숙학교에 입학시키고 교육을 통

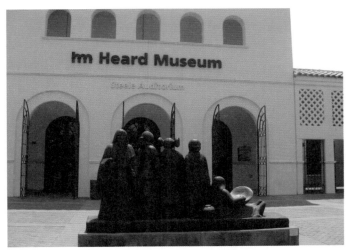

아메리카 원주민 관련 박물관 중 최고 권위를 자랑하는 피닉스 허드 박물관.

해 교화시켜 미국이 요구하는 시민으로 만들었다. 하지만 일방적인 서
구식 교육은 이들에게 고통만 안겨주고 반감을 불러일으켰다. 원주민
고아들은 머리를 깎이고 목욕을 하는 사이에 옷을 뺏기고 서양식 옷을
입도록 강요당했는데 자신의 정체성을 부정당하는 이러한 상황 속에서
집단적 불안과 수치심을 느꼈다고 한다.

박물관에서 본 아메리카 원주민의 풍습 중에는 우리 풍습과 비슷한
것이 많았다. 제기차기나 윷놀이와 비슷한 놀이도 있었는데 한 가지 다
른 점은 우리는 나무로 윷을 깎아서 윷놀이를 하는 반면 원주민들은 뼈
다귀로 했다는 점이다. 사막 한가운데서 나무를 구하기보다 뼈를 구하

기가 더 쉬웠겠지만 왠지 섬뜩한 느낌이 들었다.

허드 박물관에서는 자원봉사자의 안내를 받아 원주민들의 풍습을 배워가며 박물관 투어를 할 수가 있었다. 재미있었던 것은 호피족 아이들은 장난감과 인형들을 하루 종일 가지고 놀아도 되는데, 던지고 상처를 내는 행동을 하면 부모님께 혼난다는 이야기였다. 장난감을 망가뜨리면 혼나는 것은 동서고금을 막론하고 아이들이 각오해야 하는 일일 테지만, 부러운 것은 호피족 아이들은 적어도 장난감을 가지고 하루 종일 놀 수 있었다는 것이다.

"아~, 나도 아이팟, 플레이스테이션, 컴퓨터를 망가뜨리지 않으면서 하루 종일 놀 수 있는데……."

이때 아빠가 말씀하셨다.

"넌 호피족이 아니잖니?"

미국에서 가장 큰 소방박물관 '홀 오브 플레임'

사람들이 피닉스에 있을 거라고 생각하기 어려운 박물관이지만 꽤 규모가 크고 볼 만한 박물관이 또 하나 있다. 피닉스 소방박물관이 바로 그곳이다. 미국에는 소방박물관이 여러 군데 있지만, 피닉스에 있는 '홀 오브 플레임Hall of Flame'이 규모 면에서 가장 큰 곳이라고 한다.

뙤약볕이 내리쬐는 피닉스의 외곽고속도로를 타고 찾아간 홀 오브 플레임의 입구는 생각보다 초라해 보였다. 무슨 박물관 입구가 슈퍼마켓 입구보다도 작은지……. 그런데 이렇게 작은 박물관에서 입장료를 받는 것이 아닌가. 아니, 이렇게 작은 박물관도 입장료를 받다니 얼마를 받는다는 건가 하고 가격표를 보니 어른은 6달러, 학생은 4달러였다. 아빠는 잠깐 고민하시다가 "이 뙤약볕에 거의 한 시간을 달려왔는데 그냥 돌아가는 건 아닌 것 같다" 하시며 표를 끊으셨다. 미국을 일주하면서 허튼 곳에 돈을 쓰지 않는다는 원칙이 우리 가족에게 있었다. 그래서 입장료가 있는 박물관일 경우 그만한 가치가 있는지를 꼭 확인했다.

미국의 유명한 도시마다 왁스 박물관이라는 것이 있는데 밀납을 이용해서 유명인들을 실제 크기로 만들어놓고 이런저런 볼거리를 만들어서 주로 관광객을 대상으로 장사를 하는 곳이다. 이런 곳은 내가 박물관을 방문하는 목적과 맞지 않는 곳이다. 내가 탐방하고자 하는 박물관은 주로 지역사회의 재정적 도움과 자원봉사자들의 노력으로 운영하는 박물관들이었다.

초라한 입구에 약간의 실망감을 느끼며 전시장 안으로 들어서는 순간 나는 내 눈을 의심하지 않을 수 없었다. 피닉스의 소방박물관은 겉보기와는 전혀 다른 광대한 전시 규모를 자랑하고 있었다. 무려 1에이커에 이르는 전시장에는 수많은 소방 기구들이 전시되어 있었다. 이곳에서는 1725년에 쓰였던 오래된 소방 기구부터 영국과 프랑스, 오스트리아

애리조나 주 피닉스에 있는 '홀 오브 플레임' 박물관 입구.

홀 오브 플레임에 전시되어 있는 옛날 소방차들.

자원봉사자의 설명을 듣고 있는 세하와 나.

30년 전의 피닉스 소방서 통제센터를 그대로 옮겨와서 전시하고 있다.

와 독일의 소방차까지 거의 모든 종류의 소방차를 만나볼 수 있다. 특히 30년 전 소방서의 관제시설을 그대로 옮겨와 소방서의 운영 체제를 보여주는 전시실에서는 현재 피닉스 지역 소방서의 무선 내용을 실시간으로 들려주고 있었다. 또한 관람객이 직접 소방차 안을 자세히 볼 수 있게 20년 전 마이애미에서 활약했던 소방차를 개방해놓고 있었다. 그동안 소방차 안이 어떻게 생겼는지 항상 궁금했는데, 직접 소방차를 타보고 운전대를 만져볼 수 있어서 매우 기분이 좋았다.

미국에서 소방관은 꽤 인기 있는 직업인데, 미국 초등학교에서는 일 년에 한두 번씩 소방서에서 소방차를 끌고 나와 학교 운동장에서 불을 끄는 시범을 보여주곤 한다. 어린이들과 가까워지려는 소방 관계자들의 이러한 노력이 소방관을 우러러보게 하는 원동력이 되는 것 같다. 그리고 이렇게 멋진 소방박물관의 존재 역시 자신을 희생해서 위험에 처한 사람들을 돕는 소방관에 대한 사회적 존경을 표현하는 방식이라는 생각이 들었다.

전시장에는 말이 끌던 오래된 소방 마차들도 전시되어 있었는데 기능을 우선적으로 해서 만든 것 같지는 않았다. 많은 장식으로 치장을 해놓아서 마치 퍼레이드에 참가하는 용도로 제작한 것 같았다. 나는 오래된 앤틱 소방차들을 보면서 요즘에도 소방차들이 멋지게 제작되는 이유를 알 것 같았다. 소방차는 이미 백 년 전부터 멋있게 만들어졌던 것이다.

18~19세기에는 한번 불이 나면 그 속에서 사람들이 살아남을 가능

성이 거의 없었다고 한다. 당시의 소방차는 말이 끌던 마차로 기동성이 떨어졌고 호스의 성능도 좋지 않았기 때문에 불을 끄기가 쉽지 않았다. 소방 시설이 잘 갖춰진 오늘날에도 전 세계에서 6분마다 아이들이 불에 타서 죽는다고 한다. 결국 불을 내지 않는 것만이 피해를 막는 최선의 방법임을 이곳에서 실감할 수 있었다.

2장 사막의 박물관들
Sedona & Monument Valley

피닉스를 떠나 그 유명한 모뉴먼트밸리를 향하는 고속도로를 두 시간 쯤 달리다가 잠시 들른 휴게소에서 '세계에서 제일 큰 코코펠리'라는 동상을 보게 되었는데, 코코펠리는 아메리칸 원주민들 말로 '행운'이라는 뜻이다. 이 동상을 보고 행운이 따랐는지, 우연히 현지 관광가이드를 만나서 모뉴먼트밸리로 가는 길에 세도나Sedona를 반드시 들러볼 것을 권유 받았고 유난히 귀가 얇은 우리 부모님은 결국 예정에 없던 세도나로 살짝 우회해서 모뉴먼트밸리를 가기로 결정했다.

세도나는 붉은 색의 기암괴석들로 유명한 도시다. 바위들이 빨간색인 이유는 바위에 철분이 많이 녹아 있기 때문인데, 물이 스며들면서 철분에 녹이 슬어 색이 변한 것이라고 한다. 하지만 더욱 신기한 것은 바

세도나 시내의 모습. 뒤에 보이는 산들이 다 붉은색이다.

위의 생김생김이다. 어떤 것은 주전자처럼 생겼고 또 어떤 것은 내 동생 세하가 좋아하는 스누피처럼 생겼다. 세도나의 잘 포장된 길을 따라 드라이브를 하면서 곳곳의 비경을 감상하는 재미는 정말 쏠쏠했다.

방울뱀 요리를 권유받다

세도나 여행의 하이라이트는 아담하고 예쁜 시내를 둘러보는 것이었다. 황량한 들판에 오아시스같이 나타난 마을 중심가에는 도로를 따라

양옆으로 은행과 레스토랑과 바가 늘어서 있고 크고 작은 상점들이 오밀조밀하게 붙어 있었다. 세도나 시내는 오래된 서부 영화에서 본 듯한 마을의 모습이 조금 현대적인 느낌으로 재구성된 것처럼 보였다. "벌써 점심때가 되었네"라는 엄마의 말에 아빠가 바로 "재평아 뭐 하니? 엄마 시장하시단다. 어디가 괜찮은 음식점인지 알아봐라"라고 하신다.

여행을 시작하기 전에 부모님과 한 약속 중에 하나가 뭐든 길에서 물어봐야 하는 일이 생기면 내가 영어로 물어본다는 것이었다. 아마도 부모님은 내게 낯선 곳에서의 적응력을 높여주기 위해서 이런 조건을 붙이셨던 것 같다. 나는 얼른 현지인으로 보이는 사람에게 다가갔다.

"여기 사세요? 혹시 괜찮은 음식점이 있으면 추천해주시겠어요?" 하고 물었더니, 그 사람이 나에게 "방울뱀 먹어본 적 있니?"라고 물어보는 것이 아닌가? 먹어보기는커녕 아직 실제로 본 적도 없다고 하자 그렇다면, 보는 건 나중에 하고 우선 이 기회에 한번 먹어보라며 가시가 많으니 먹을 때 조심하라는 주의도 주었다. 이에 엄마와 아빠가 잠시 고민을 하시더니 방울뱀은 다음 기회에 먹자고 하신다. 아빠가 가시 많은 음식을 별로 좋아하지 않으시기 때문이다. 어쨌든 순간 나는 안도의 한숨을 내쉬었다. 뱀을 먹는다는 게 영 내키지 않았기 때문이다. 아무튼 이 일로 미국 사람들도 종종 뱀을 먹는다는 사실을 알게 됐다.

엄마와 아빠는 결국 세도나 시내의 골목골목을 다니며 맛있어 보이는 식당을 직접 찾아다녔고 결국, 좁은 골목 끝에 자리 잡은 다 쓰러져가는 바비큐 가게로 들어갔다. 참고로 우리 엄마와 아빠는 맛있는 집을 찾는데 선수들이시다. 아빠가 자리에 앉으시며 엄마에게 "제대로 찾아온 것같은데?"라고 말씀하신다. 주위를 둘러보니 유명한 할리우드 배우들과가수들의 사인이 벽마다 빼곡히 붙어 있다. 현지 신문에도 맛있는 집이라고 소개된 집이다. 단 하나 단점이라면 주문을 받는 아줌마가 무뚝뚝하다 못해 무섭기까지 했다는 것이다. 그래도 음식점은 맛있으면 무죄라는 것이 우리 가족의 지론이다. 그리고 "음식이 정말 맛있다"고 칭찬해주면 아무리 무뚝뚝하고 무서워 보이는 주인도 갑자기 상냥해진다는것을 다년간의 경험으로 터득한 바가 있다. 이 집은 우리 가족이 미국에서 맛본 바비큐 중 당당히 2위를 차지했다. 1위를 차지한 집은 캔자스시티에 있다. 맛있는 바비큐로 배를 채운 우리는 세도나에 있는 작은 박물관으로 걸음을 옮겼다.

세도나 전통유산박물관과 조던 역사공원

　세도나 전통유산박물관Sedona Heritage Museum과 조던 역사공원Jordan Historical Park은 같이 붙어 있었는데 입구만 그럴듯하게 컸지 전시 내용은 크게 볼 것이 없었다. 특히 조던 역사공원 안에는 조던 농가Jordan Farmhouse라는 이름이 붙은 집이 개방되어 있는데, 세도나 지역에 처음

세도나 초기 정착민들의 생활상을 보여주는 조던 농가.

조던 농가의 안내 간판. 세도나의 랜드마크 1호라고
한다.

세도나 전통유산박물관과 조던 역사공원 입구.

정착해서 농사를 지으며 살았던 사람들이 어떻게 살았는지를 보여주는 집이다. 그런데 초기 정착민이라고 해도 사실 수백 년 전 사람들이 아니라 고작해야 백 년 전 사람들이다. 세도나라는 지명이 이곳 최초 우체국장의 부인 세도나 아라벨 밀러의 이름에서 유래했다고 하니 정말 역사가 얼마 되지 않은 도시인 것이다. 물론 그 전에는 야바파이족과 아파치족이 살았지만 오늘날의 도시 형태로 개발이 시작된 지는 그다지 오래되지 않은 것이다.

반만년 역사를 갖고 있는 우리나라와 비교하면 말도 안 되게 짧은 역사지만 그것을 위대한 개척의 역사로 만들어놓은 이곳 사람들을 보면서 우리 역사를 더욱 소중히 생각해야겠다는 다짐을 했다.

사실 조던 농가에는 1900년대 초기의 생활을 짐작하게 하는 각종 가재도구들, 이를테면 장작으로 때는 스토브 오븐이나 가구들, 이 집에 살았던 조던 가족들의 사진과 조던 일가의 역사가 기록된 액자들이 전시되어 있을 뿐이다. 사실 우리나라도 시골에 가면 할아버지 할머니들이 백 년도 넘는 농촌주택에서 백 년 전에 찍은 사진을 걸어놓으시고 여전히 농사를 지으며 살고 계시지 않은가? 그런데 이곳에서는 1931년에 지은 이 집이 도시의 랜드마크로 자리 잡았다. 우리나라도 각 지역마다 오래된 주택과 오래된 농기구들을 잘 보존해서 이곳처럼 작은 박물관을 만들면 어떨까 하는 생각을 잠시 해보았다.

자연의 신비, 모뉴먼트밸리

아빠가 운전하는 내내 불렀던 "카우보이 애리조나 카우보이, 황야를 달려가는 애리조나 카우보이~"라는 노래처럼 거의 모든 땅이 황야인 애리조나 주의 허허벌판에 오아시스처럼 자리 잡은 아름다운 도시 세도나를 지나 모뉴먼트밸리로 또다시 긴 드라이브를 시작했다. 가도 가도 끝없는 사막을 달리고 달려서 도착한 곳이 애리조나 주 북단의 카엔타Kayennta다. 여기서 조금만 북쪽으로 달려가면 유타 주의 경계가 나오고 바로 그 지점부터 모뉴먼트밸리의 장관이 이어진다. 〈포레스트 검프〉에서 톰 행크스가 무작정 달려갔던 미국 대륙의 상징, 무수히 많은 서부 영화의 배경으로 등장했던 바로 그곳을 이제 우리 눈으로 직접 보게 되는 것이다. 서머타임이 적용되는 미국의 여름은 저녁 8시가 돼서야 해가 서산으로 기운다. 아침 일찍 피닉스를 출발해서 세도나를 거쳐 모뉴먼트밸리에 다다르자 이미 저녁 무렵이었고 우리 가족은 존 웨인이 서부 영화를 찍을 때마다 묵었다는 '굴딩 산장Goulding's Lodge'에 여장을 풀었다.

창가로 보이는 모뉴먼트밸리의 광활한 풍경은 마치 서부 영화 속의 한 장면으로 빨려 들어간 듯한 강한 인상을 주었다. 도착한 날 저녁, 아빠와 엄마는 방에 딸린 베란다에서 해가 질 때까지 한 시간 이상을 동상처럼 앉아서 마치 어린왕자가 자신의 별에서 석양을 감상했던 것처럼

모뉴먼트밸리의 굴딩 산장 안내판.

모뉴먼트밸리의 석양을 즐기셨다.

　다음 날, 아침을 든든하게 먹고 나서 모뉴먼트밸리 관광을 하러 나섰다. 아침 10시쯤 출발해서 저녁 5시쯤 숙소로 돌아오는 투어인데, 오프로드off road 차를 타고 원래 이곳에 살았고 또 지금도 살고 있는 나바호족 원주민의 안내로 모뉴먼트밸리 곳곳의 숨겨진 비경과 유적을 돌아보는 투어이다. 우리를 안내한 나바호족 원주민 가이드는 데이비드라는 미국 이름을 가진 친절하고 재미있는 사람이었다. 우리가 탄 차는 모뉴먼트밸리 투어 차량 중에 제일 좋은(?) 차였는데 트럭의 짐칸에 의자를

모뉴먼트밸리 전경.

얹어놓아 손님들을 앉게 했다. 사방이 뚫려 있는데다 안전벨트도 없었
지만 사막의 모래바람을 제대로 느낄 수 있기에 모뉴먼트밸리를 달리기
엔 최상의 조건을 갖춘 차였다.

　데이비드는 운전을 하면서 마이크를 통해 모뉴먼트밸리 곳곳의 바
위 이름과 과거 원주민들이 살던 곳에 대한 설명을 이어갔다. 이곳에 있
는 바위들은 돌의 색깔에서 모양까지 다 제각각 특색이 있었다. 황색, 갈
색, 검정, 노랑, 빨강 등의 다양한 색깔에 공룡이 자고 있는 모양에서부
터 호떡을 얹어놓은 모양까지 다양했다. 모뉴먼트밸리 투어는 3시간 30

모뉴먼트밸리 투어 자동차. 3시간 30분 투어버스는
만원이었다.

분짜리 투어와 7시간짜리 투어가 있었다. 3시간 30분짜리 투어는 만원 버스처럼 사람들이 다닥다닥 앉아야 했지만, 우리가 하는 7시간짜리 투어는 손님이 많지 않아서인지 우리 가족과 캘리포니아에서 여행을 온 노부부, 이렇게 모두 6명이었다. 노부부는 대학교에서 교수로 재직 중인 점잖은 분들이었다.

방울뱀 소동

가족 같은 분위기로 투어를 즐기면서 우리 일행은 모뉴먼트밸리의 숨겨진 골짜기로 들어가서 점심을 먹기로 했다. 원주민 가이드인 데이비드는 준비해 온 일명 '동키 버거Donkey Burger'를 굽기 시작했다. 달달거리는 투어버스를 타고 반나절을 다녔던 터라 엄마와 세하는 미뤄왔던 볼일을 보려고 근처 화장실로 직행을 했고 아빠와 나는 점심 먹을 준비를 하고 있는데, 잠시 후 엄마와 세하가 파랗게 질린 얼굴로 뛰어오는 것이 아닌가!

"무슨 일이야?" 하고 아빠가 묻자 세하가 "바 바 바 바……방……" 하면서 말을 끝맺지 못했다.

아빠가 다시 "방? 방이 뭔데? 차근차근히 말해봐" 하니까 이번엔 엄마가 "아바빠빠빠, 저기에 바바방 방우리 아니, 아니, 그러니까 바바방…… 방울뱀이……" 하며 더듬더듬 말을 이었다.

"뭐 방울뱀? 어디에? 괜찮아? 물리지는 않았고?"

아빠가 다급하게 햄버거 굽던 집게를 들고 엄마와 세하 옆으로 오더니 주변을 살피면서 말했다.

"어디어디? 어디에서 봤는데? 혹시 잘못 본 것 아냐?"

그러자 엄마가 겁에 질린 목소리로 말했다. "아냐, 아냐, 소리까지 들었어……."

"무슨 소리를 들었는데? 뱀이 짖기라도 하나?"

아빠가 엄마를 자리에 앉히며 물어보셨다. 엄마는 갑자기 갈증이 났는지 물 한 컵을 들이켰다.

"아냐 이럴 게 아니라 직접 보여줘야 해. 이리 와봐." 그러더니 앞장을 서시는 게 아닌가? 그러자 아빠가 엄마 앞을 가로막았다.

"성 여사님, 제정신이야? 방울뱀에게 물리면 즉사야 즉사. 어딜 또 가서 보려고 하는 거야?"

"아냐, 아냐, 아까는 너무 놀라서 내가 제대로 못 봤는데, 나도 정확히 본 건지 확인을 해야겠고, 못 믿는 사람도 제대로 믿게 해야겠고, 나는 어쨌든 방울뱀을 봤을 뿐이고……."

그러자 아빠가 내게 말했다.

"재평아, 아빠 가방에서 청심환 하나 가져와라 엄마가 아무래도 충격이 큰 것 같다."

그러고 나서 아빠가 엄마를 달래기 시작했다.

"주희야, 내가 믿을게. 방울뱀 맞으니까 그만 돌아가서 점심 먹자, 응?"

아빠는 다급하면 엄마를 부를 때 이름으로 부르신다.

그러자 이 모습을 재미있다는 표정으로 지켜보던 데이비드가 결국 중재에 나섰다. 이 지역에는 방울뱀이 많고 특히 화장실 주변 같은 곳에는 그늘과 틈새가 많아 방울뱀이 좋아하기 때문에 엄마가 본 것은 방울뱀이 맞을 것이다, 단 방울뱀은 그다지 공격적이지 않으니 멀리 떨어져서 지켜보는 것은 괜찮다는 얘기였다. 이 말에 용기를 얻은 우리 가족과 다른 두 일행은 방울뱀을 보러 화장실 주변으로 갔다. 아니나 다를까 화장실 담벼락 아래에 진짜 방울뱀이 똬리를 틀고 자리를 잡고 있었다. 몸통 굵기가 함경도 아바이순대 굵기만 한 꽤 큰 방울뱀이었다.

순간 철없는 내 동생 세하가 어디서 났는지 나무 막대기를 하나 들고는 방울뱀 쪽으로 걸어가는 것이 아닌가! 아빠는 기겁을 하며 세하를 붙잡았고 엄마는 얼굴이 새파래져서 "세하야!"를 외치는데 그 소리가 어찌나 컸던지 모뉴먼트밸리 골짜기에 메아리가 울려 퍼질 정도였다. 바로 그 순간 똬리를 틀고 앉았던 방울뱀이 스르르 화장실 담벼락 아래에

뚫린 구멍으로 들어가버렸다. 아마도 주변이 시끄러워서 더 못 참고 들어간 것 같다.

그러나저러나 내 동생 세하는 정말 대책 없는 아이다. 이 일이 있고 나서 엄마와 아빠는 세하에게 방울뱀이 얼마나 무서운 동물인지, 그리고 앞으로 여행 중에 야생동물을 보게 되더라도 막대기 하나 들고 나서는 무모한 짓은 하지 말 것을 신신당부하셨다. 그런데 엄마 아빠의 말을 다 듣고 나서 세하는 이해할 수 없다는 표정으로 말했다.

"텔레비전에서 보니까 어떤 아저씨는 이렇게 막대기로 뱀을 잡았다가 놓아주고 하던데요?"

아마도 아빠가 즐겨 보시는 다큐멘터리 채널에서 뱀을 촬영한 장면을 봤던 것 같다. 뱀을 연구하는 사람이 용감하게도 맨손으로 뱀을 잡기도 하고 방울뱀 같은 독사에게 다가가서 뱀을 어르고 달래가며 사진 촬영을 하던 모습이 생각났다. 그 모습을 봤던 세하가 진짜 뱀을 보고 방송에서처럼 해보고 싶었다는 이야기다. 〈슈퍼맨〉을 보고 나서 빨간 보자기 뒤집어쓰고 옥상에서 뛰어내린 아이가 있었다더니…… 내 동생 세하, 정말 걱정된다. 한바탕 소란이 있고 나서 우리는 데이비드가 준비한 햄버거와 스낵으로 점심을 먹으며 이야기를 나누었다. 물론 대화

모뉴먼트밸리에서 본 방울뱀. 꽤 굵고 큰 놈이었다.

의 주제는 방울뱀이었다. 엄마는 방울뱀을 직접 본 것이 계속 신기했던지 처음 방울뱀과 마주친 상황을 설명했다.

"세하랑 같이 화장실을 가는데 화장실 벽을 돌아가려는 찰나에 갑자기 쓰스스스스 쏫! 소리가 나는 거야, 순간 이거 어디서 많이 듣던 소린데 하는 생각과 동시에 머리가 쭈뼛 서지 않겠니?"

엄마는 계속 당시 상황을 설명했다.

"내가 앞장서서 갔으니 망정이지 세하가 뭣 모르고 뛰어갔으면…… 어휴! 생각만 해도 아찔하네, 그 소름 끼치는 소리를 듣고 갑자기 발이 땅에 붙어서 안 떨어지는데, 세하에게는 오지 마! 하고 간신히 소리치고 발밑을 봤더니 몇 발자국 앞에서 방울뱀이 꼬리를 들고 계속 쓰스스스스 쏫 소리를 내는 거야. 순간 등골에 찬물을 촤악 끼얹은 것 같더라고, 서서히 뒷걸음질을 쳐서 걸음아 나 살려라 도망을 쳤지. 어휴, 지금도 생각하면 아찔해. 만약에 방울뱀이 소리를 내지 않았으면 그냥 방울뱀 앞으로 터벅터벅 걸어갔을 텐데……."

그러자 우리와 함께 여행을 하고 있던 노부부가 우리말로 한 대화 내용을 어떻게 알아차렸는지 방울뱀에 대해 설명을 해주었다.

"아마도 그 방울뱀이 당신이 놀란 것보다 더 놀랐을 거예요. 사람이 다가오니까 더 이상 다가오지 말라고 방울 꼬리를 흔들어서 주의를 준 거예요."

하긴 방울뱀이 사람을 물어서 죽인 것보다 사람이 가죽을 얻기 위해 방울뱀을 훨씬 더 많이 죽였을 테니까 방울뱀이 사람보다 더 놀랄 것은 분명하다.

어쨌든, 이 말을 듣고 나는 한 가지 깨달음을 얻었다. 우리가 야생동물을 보고 놀라는 것보다 야생동물이 사람을 보고 더 놀랄 수 있다는 것이다. 미물이지만 뱀의 입장에서 생각을 해보고 이해를 하려는 그 노부부의 태도를 통해 상대방의 입장에서 생각하는 것이 세상을 이해하는 데 많은 도움이 된다는 것을 깨달았다. 어쨌든 야생의 뱀과 마주치는 일은 사람에게나 뱀에게나 그다지 유쾌하지 않은 일임은 분명하다. 그래도 직접 방울뱀을 본 경험은 짜릿한 추억으로 남았다.

아메리카 원주민들의 동굴 거주지

모뉴먼트밸리에는 바위 언덕들이 많이 있다. 데이비드는 과거 아메리카 원주민들이 살았던 바위 틈새의 작은 굴들을 보여주었는데, 아무리 생각해봐도 도대체 어떻게 사람이 올라가서 살았는지 이해가 안 될 정도로 경사가 가파른 높은 곳에 바위 구멍이 있었다. 내가 간신히 기어 올라가서 굴속을 들여다보니 밥을 해 먹은 흔적이 보였다. 아, 여기 사람이 살긴 살았구나……. 직접 확인을 하고 나니 원주민들이 참으로 어려운 환경에서 생활했다는 것을 알 수 있었다. 그런데 문제는 이 바위

과거 이곳의 원주민들이 거주했던 모뉴먼트밸리의 바위 동굴. 맹수들의 침입을 막기 위해 지면보다 높은 동굴에 벽돌을 쌓고 살았다고 한다.

굴에서 지상으로 내려오는 일이었다. 올라갈 때는 어떻게 올라갔는데, 내려가는 길이 도무지 답이 없었다. 밑에서 볼 때는 별로 높지 않던 바위 굴이었는데 올라와서 보니 확 긴장이 되는 것이다. 그냥 뛰어내리기에는 상당한 용기가 필요한 높이로 언덕길 내려가듯이 폼 나게 내려갈 수 없는 벼랑 같은 암벽이었다. 나는 어쩔 수 없이 몸을 최대한 바위에 붙인 채로 떨어질까 봐 바들바들 떨면서 내려와야 했다.

이 모습을 본 데이비드 말이 옛날 원주민들은 이 정도 높이의 암벽은 그냥 날렵하게 뛰어오르고 뛰어내리곤 했단다. 게다가 그 높은 벽에 그림까지 그렸으니 원주민들은 아주 튼튼한 몸과 강인한 체력을 갖고

모뉴먼트밸리에 살던 원주민들이 바위에 그린 그림들.

있었던 것 같다. 나도 옛날에 아메리카 원주민으로 태어났으면 이런 바위 위 굴집에 살면서 하루에도 수없이 오르락내리락했을 테지. 몸은 튼튼해졌겠지만 얼마나 힘들었을까?

하루 종일 울퉁불퉁한 비포장도로를 달리기도 하고 차에서 내려서 걷기도 했더니 우리 가족은 모두 다 빨간 벽돌을 나르다 온 일꾼들 같았다. 신발에는 모래가 수북하게 들어가 쌓였고 바지와 셔츠는 빨간 모래로 얼룩덜룩해져 있었다. 아빠의 선글라스는 흙먼지가 뽀얗게 내려앉았고 세하의 얼굴은 땀과 모래가 엉겨 붙어서 돌 색깔로 변했다. 엄마 역시 머리에 붉은 모래가 내려앉아 있었다. 석양에 물든 우리 가족의 모습은 붉게 물든 작은 바위들 같았다.

밤이 되면 모뉴먼트밸리는 황량함 그 자체가 된다. 사방팔방이 허허벌판이라서 멀리 보이는 주유소 불빛 외에는 인공적으로 만들어진 불빛이 보이질 않는다. 숙소인 굴딩 산장을 나와 잠시 아빠와 산책을 하면서 바라본 하늘은 환상 그 자체였다. 나는 하늘에 그렇게 많은 별이 있는

줄 몰랐다. 하늘 이쪽 끝에서 저쪽 끝까지 셀 수 없이 많은 별들을 넋을 잃고 쳐다보고 있으니 그 많은 별들이 다 내게 쏟아져 내리는 듯 느껴졌다. 아빠가 촘촘히 박힌 별들이 하늘에 흐르듯이 빛나고 있는 곳을 가리켰다.

"저기가 은하수라고 불리는 곳이야."

"책에서만 보던 은하수를 직접 보게 될 줄이야……."

이런 훌륭한 경험을 하게 해주신 부모님께 감사하는 마음을 되새기며 못 잊을 추억을 간직하고 모뉴먼트밸리에서의 첫날밤을 보냈다.

서부 영화의 배경에서 미국을 대표하는 랜드마크로

"모두 일어나, 빨리빨리!"

"드르륵, 촤악~!"

커튼을 열어 젖히며 아빠가 온 가족에게 기상을 알렸다. 아직 밖은 어두운데 땅끝에는 붉은 빛이 출렁이듯 올라오고 있었다. 나는 졸린 눈을 비비며 시계를 봤다. 5시 50분.

"아빠, 너무 이른 것 아니에요?"

조금 더 자고 싶은 마음에 혹시 아빠가 시계를 잘못 본 건 아닐까 하고 물었다.

"응, 재평아 조금 일찍 깨워서 미안한데 우리 일출 보러 가자."

아빠는 벌써 한 시간 전에 일어나서 엄마와 베란다에서 따뜻한 차를 마시며 일출과 함께 시시각각으로 변하는 모뉴먼트밸리의 모습을 촬영하고 계셨다. 그런데 우리가 묵고 있는 굴딩 산장에서 바라보는 모뉴먼트밸리의 경치도 좋지만 15분 정도 운전을 해서 더 뷰 호텔에 가면 또 다른 경치를 볼 수 있다고 하시는 거다. 투덜거리는 세하를 태우고 우리 가족은 아빠의 재촉에 차가운 새벽바람을 맞으며 모뉴먼트밸리를 달려 더 뷰 호텔로 향했다.

"아, 여기가 바로 모뉴먼트밸리를 소개할 때마다 나오는 그곳이었네."

엄마는 우리 눈에 보이는 모뉴먼트밸리의 풍경이 낯이 익은 듯했다. 억지로 따라왔다가 갑자기 펼쳐진 경이로운 장관을 보며 탄성을 지르던 세하는 이리저리 포즈를 취하며 엄마와 함께 사진을 찍었다. 아침을 먹으며 나는 어제 데이비드가 말해준 이야기를 떠올렸다.

미국 서부극의 일인자로 불리던 존 포드는 1930년대 후반 이곳 모뉴먼트밸리를 배경으로 많은 영화를 찍었다고 한다. 우리가 묵고 있는 굴딩 산장이 모뉴먼트밸리를 배경으로 하는 서부 영화를 찍을 때 베이스 캠프로 쓰였으며 그 유명한 존 웨인은 여기에 자신만의 별장을 따로 짓고 살았다고 한다. 존 포드 감독 이후에 모뉴먼트밸리는 서부극이라면 반드시 등장하는 촬영 장소가 됐고, 오늘날 미국을 대표하는 랜드마크가 됐다. 비단 서부극만이 아니라 근래의 할리우드 영화에서도 모뉴먼

더 뷰 호텔에서 바라본 모뉴먼트밸리.

트밸리는 자주 등장한다. 특히 〈포레스트 검프〉에서 주인공 검프가 미국을 횡단하며 모뉴먼트밸리를 달리는 모습은 모뉴먼트밸리가 미국의 상징임을 우회적으로 보여주는 장면이다.

하지만 제 아무리 뛰어난 풍광이라도 미디어의 힘을 빌리지 못한다면 진흙 속의 진주 같은 신세가 되는 법. 모뉴먼트밸리 같은 뛰어난 자연경관이 미디어에 의해 지속적으로 노출되면서 사람들의 마음속엔 '저기는 반드시 가봐야 할 곳'이라는 고정관념이 생기게 되었다. 우리 가족이 이곳까지 찾아온 것도 그런 영향 때문일 것이다.

아빠는 미국에 오면 꼭 가보고 싶었던 곳이 모뉴먼트밸리였다고 한

모뉴먼트밸리의 존 포드 포인트에서 말을 타고 한 컷! 바로 여기가 존 포드 감독이 가장 좋아하던 장소라고 한다.

다. 학창 시절부터 꿈꿔오던 곳을 드디어 방문했으니 아빠는 얼마나 기분이 좋으셨을까. 처음 이곳에 오던 날 아빠와 엄마가 왜 베란다에서 하염없이 모뉴먼트밸리의 풍경을 바라보고 계셨는지 이해가 됐다.

3장 로키산맥과 골드러시의 유산들
The Rocky Mountain High & Denver
& Colorado Springs

미국 서부에 해당하는 애리조나 주와 유타 주는 땅과 하늘밖에 보이는 것이 없다고 해도 과언이 아니다. 파란 하늘에 황량한 들판, 돌산이 눈에 보이는 경치의 전부다. 하지만 유타 주를 벗어나 콜로라도 주로 들어가면 언제 그랬냐는 듯이 푸른 숲과 맑은 강물이 창가에 펼쳐진다. 미국의 각 주는 주 경계에 자기 주를 선전하는 문구를 내건 간판을 세워 놓는데 콜로라도 주는 '다채로운 주에 오신 것을 환영합니다Welcome to a Colorful State' 였다. 이제 우리는 미국의 서부를 벗어나 로키산맥The Rocky Mountain High의 관문이자 중부 대평원이 시작되는 덴버Denver로 향했다.

산길을 올라가기 시작해서 한 삼십 분쯤 지나자 슬슬 귀가 먹먹해지

6월 말인데도 산 정상에는 눈이 덮여 있는 로키산맥의 풍경.

고 머리가 갑갑해졌다. 감옥 독방에 갇힌다면 이런 느낌이 들까? 하지
만 창가에 비치는 경치는 감옥이 아니라 천상의 풍경이다. 콜로라도 주
의 로키산맥을 넘고 또 넘어간다. 6월 말, 한여름인데도 주위에 아직 녹
지 않은 눈 뭉치들이 보였다. 아빠가 내비게이션에 나오는 해발고도를
알려주셨다. '해발 3,000미터.' 우리 가족은 백두산보다 높은 곳을 자동
차로 넘어가고 있는 중이었다.

　로키산맥은 1억 7000만 년 전에 형성된 산맥으로 1만 4,000피트, 미
터로 환산하면 4,267미터가 넘는 산들이 쉰아홉 개나 있다고 한다. 콜

자동차 내비게이션에 찍힌 해발고도. 1만 500
피트(3,200미터)가 찍혀 있다.

로라도의 로키산맥을 관통하는 70번 도로를 타고 드라이브를 하다 보면 도로 바로 옆으로 경쾌하게 흐르는 콜로라도 강을 볼 수 있다. 이 콜로라도 강이 바로 그 웅장한 그랜드 캐니언을 만들어낸 강이다.

콜로라도 주는 광산으로 유명한 주였다. 1849년에 캘리포니아 주에서 시작된 골드러시는 미 서부 전역으로 확대되었고, 파이크스피크 골드러시Pikes Peak Gold Rush라고도 불리는 콜로라도 주의 골드러시는 1859년에 시작되었다고 한다. 그런데 대부분의 광산 도시가 더 이상 캐낼 자원이 없으면 버려진 채 폐허로 변했는데, 실제로 골드러시 시절에 반짝 호황을 누리다가 사람들이 떠난 도시를 오늘날 되살려서 유령 마을Ghost Town 투어를 하는 곳도 있다.

글렌데일의 주말 놀이동산

로키산맥 자락에 자리 잡은 글렌데일Glendale이라는 도시를 지날 때였다. 도로 옆으로 낯익은 풍경이 눈에 들어왔다. 마침 토요일이라 작은 놀이동산이 쇼핑센터의 넓은 주차장 한편에 마련되어 있었다. 규모

로키산맥을 넘으면서 만난 글렌데일의 놀이동산. 동생 세하가 놀이기구를 타고 있다.

는 작지만 아이들이 타고 놀기에는 충분한 놀이기구들이 제법 갖춰져 있었고, 마을 사람들이 아이들 손을 잡고 나와서 편하게 하루를 즐기고 있었다. 로키산맥 가운데 있는 조용한 마을에 도깨비 잔치처럼 난데없이 차려진 놀이동산을 그냥 지나칠 수가 없어서 우리 가족은 잠시 동화 속으로 들어가는 셈 치고 티켓을 사서 놀이동산에 입장했다. 음식을 파는 노점을 비롯해 총으로 과녁을 맞히면 상품을 주는 코너까지 디즈니랜드를 50분의 1로 축소해놓은 것 같았다.

규모는 작아도 있을 건 다 있는 놀이동산이었다. 무엇보다 웅장한 로키산맥이 병풍처럼 둘러쳐진 곳에 자리 잡고 있어 주변 경치는 디즈니

랜드보다 백 배는 더 멋있었다. 이렇게 작은 마을에서 놀이동산을 만나게 될 줄은 꿈에도 생각 못했다. 아빠는 자동차로 미국을 일주하는 여행을 계획한 이유 가운데 하나가 바로 오늘처럼 뜻하지 않은 즐거움을 맛보기 위해서라고 말씀하셨다.

이글의 챔버스 파크 지방역사박물관

덴버를 100킬로미터 정도 남겨놓고 이글Eagle이라는 도시를 만났다. 이름에 걸맞게 해발 2,000미터가 넘는 높은 곳에 위치한 인구수 6,000명의 작은 도시다. 콜로라도의 대표적 휴양도시인 아스펜Aspen에서 직선거리로 40킬로미터 정도 떨어진 곳에 자리 잡고 있는 이글은 미국을 동서로 가로지르는 70번 고속도로 바로 옆에 위치하고 있어서 여행자들이 험준한 로키산맥을 넘으며 쉬어가기에 딱 알맞은 곳이다. 이곳에도 도시의 역사를 기록한 작은 박물관이 있다. 사실 미국 대도시마다 있는 과학박물관이나 미술관 그리고 역사박물관은 마치 프랜차이즈 음식점처럼 천편일률적이어서 지역색을 잘 보여주지 못하는 경우가 많다. 하지만 이렇게 외진 곳에 있는 박물관들은 규모도 작고 보잘것없어 보이지만 지역의 역사와 문화를 잘 보여주는 경우가 많다.

하지만 여행을 시작하기 전 박물관에 대한 조사를 하는 과정에서 이

이글 박물관 전경. 70번 고속도로변에 위치해 있다.

렇게 작은 박물관은 홈페이지가 없는 경우도 많고 또 찾아내기가 여간 어려운 일이 아니어서, 이러다가 대도시 박물관만 돌아보다 끝나는 것이 아닐까 하는 걱정이 앞서기도 했다.

그런데 이 이글 박물관은 작아도 너무 작다. 사진에 보이는 왼쪽 하얀 건물이 박물관의 전부다. 박물관이라고 이름 붙이기에 조금 민망할 정도로 작지만 공식 명칭은 꽤 길다. '이글 지역 역사공동체가 운영하는 챔버스 파크 지방역사박물관Chamber's Park Local History Museum operated by Eagle County Historical Society'이 공식 명칭이다. 영어 약자를 쓰면 좀 짧아지긴 해도 내가 보기엔 이것도 길다.

하지만 박물관을 둘러보고 나니, 손바닥만 한 박물관에 붙인 이 긴 이름이 이곳 사람들이 이 박물관에 대해 갖는 자부심임을 깨달았다. 이곳 주민들은 마을의 역사를 기록한다는 데 자부심을 느끼고 박물관에 전시할 물건들을 직접 가져다 놓았다고 한다. 또한 박물관을 유지하는 데 드는 비용도 지역사회의 도움을 받고 있다. 이글 지역의 은행과 각종 사업체가 박물관을 후원하고 지역공동체, 우리로 말하자면 동사무소나 구청 같은 관공서가 박물관 유지에 도움을 주고 있었다. 인구수 6,000명의 작은 도시에 박물관을 짓는다는 것은 미국에서도 특별한 일이기 때문에 이곳이 오래도록 기억에 남았다.

로키산맥 한가운데에 자리 잡은 이글은 옛날에는 자동차가 다니기 힘들 정도로 오지였기에 말이 끄는 마차가 주요 교통수단이었다. 어쩌다가 뉴욕 같은 동부 도시에서 이곳으로 이사를 오면서 자동차를 가지고 온 사람은 낭패를 보기 일쑤였다고 한다. 이글 박물관에 전시된 여러 대의 마차는 이곳이 최근까지 마차를 이용했던 곳임을 알려준다. 시골의 작은 박물관답게 전시된 물품들도 꽤 소박했는데 카우보이모자, 극장용 의자, 재봉틀, 아이들이 갖고 놀던 인형 등등 오래돼 보이긴 하나 별로 값나갈 것 같지 않은 물건들이 대부분이었다. 하지만 이렇게 소박한

이글 박물관에 전시 중인 오래된 마차.

물건들이 이 지역 주민들에게는 역사이고 추억인 것이다. 마치 오래된 물건을 보며 우리 할아버지가 깊은 상념에 빠지는 것 같이, 별것 아닌 작은 물건이 옛 기억을 새롭게 해주는 것처럼, 이글 박물관은 100년 전 서부를 개척하던 그 시절을 돌아보게 해주는 타임머신 같은 곳이었다.

야외 전시장에는 로키산맥을 횡단하며 달렸던 옛날 기차가 전시되어 있는데 그냥 구경만 하는 것이 아니라 직접 기차를 타고 내부를 볼 수 있게 해놓았다. 어린아이들이 신이 나서 기차를 오르내리며 즐겁게 뛰어노는 모습이 인상적이었다.

미국 서부에서 동부로 가는 70번 고속도로를 타고 로키산맥을 넘게 된다면 이글을 꼭 한 번 들러보기를 권하고 싶다. 그리고 잊지 말고 박물관 바로 옆 기념품가게에서 파는 초콜릿 퍼지를 먹어보기 바란다. 내가 먹은 수많은 초콜릿 퍼지 중 두 번째로 맛있는 초콜릿 퍼지였다. 가장 맛있는 초콜릿 퍼지는 당연히 엄마가 직접 만들어주신 거다.

덴버의 콜로라도 역사박물관

해발고도가 1마일(약 1.6킬로미터)이라서 1마일 도시로 불리는 덴버는 미국에서도 가장 살기 좋은 도시로 꼽힌다. 나는 덴버의 멋진 16번가를 돌아다니면서 덴버가 배낭여행자들의 천국이라는 생각을 했다.

덴버 시내 16번가를 왕복하는 무료 셔틀버스.

16번가에는 예쁜 카페들과 가로수 그늘 아래 쉴 수 있는 벤치들이 늘어서 있다. 이 16번가 벤치에 앉아서 커피를 마시는 사람들과 샌드위치를 먹는 사람들 또는 그저 옆에 앉아 있는 누군가와 이야기를 나누는 사람들을 무료 셔틀버스를 타고 스치듯 보았는데, 한결같이 모두 즐겁고 온화한 표정이었다. 아빠는 어떤 나라나 도시를 가든 그곳에 살고 있는 사람들의 표정을 잘 살펴보라는 말씀을 하셨다. 사람들 표정을 보면 그곳이 살기 좋은 곳인지, 살기 힘든 곳인지를 알 수 있다는 것이다. 나는 덴버 시내에서 본 사람들의 표정에서 왜 덴버가 살기 좋은 곳이라고 말하는지 알 수 있었다.

하지만 과거의 덴버는 오늘처럼 살기 좋은 곳만은 아니었던 것 같다. 덴버에 있는 콜로라도 역사박물관Colorado History Museum을 둘러보며 덴버 역시 서부 개척의 역사 속에서 험난한 역경의 시기가 있었다는 것을 알게 되었다.

콜로라도 역사박물관 내부. 다양한 자료들이 전시되어 있다.

과거 광산 개발과 함께 각지에서 사람들이 모여든 덴버에는 스페인 이민자와 아일랜드 이민자, 이탈리아 이민자와 중국인 이민자가 정착해서 살았는데, 그중에서도 중국인들에 대한 차별이 심했다고 한다. 1880년 덴버에 사는 중국 이민자 수는 238명으로 이들은 자신들만의 마을을 이루고 살면서 미국 사회에 동화되지 않았다. 이런 모습을 좋게 보지 않았던 앞선 이민자들과의 마찰은 불가피한 것이었다.

1880년 덴버의 한 술집에서 백인들과 두 명의 중국인들 사이에 벌어진 언쟁이 덴버 역사상 첫 번째 인종폭동을 촉발하였고, 그 결과 이 도시에서 중국인을 몰아내자는 구호를 외치며 수천 명의 폭도들이 중국인 가게를 파괴하고 세탁소를 운영하는 젊은 중국인을 집단 폭행해 살해하는 사건이 벌어졌다.

그런데 이곳 덴버는 중국인 이민자를 무참히 살해한 역사를 아직 완전히 극복하지는 못한 것 같다. 미국의 대도시마다 있는 차이나타운이 이곳

콜로라도 역사박물관에는 과거 어두웠던 역사적 사실도 상세히 기록되어 있다.

에는 없기 때문이다. 아마도 100년 전 그 상처가 아직 아물지 못한 것은 아닐까? 아니면 미국인들이 은퇴 후 가장 살고 싶어 한다는 아름다운 도시 덴버에 백인들만의 천국을 만들고 싶은 것은 아닐까 하는 의심도 든다. 미국 사람들은 겉보기에는 사람을 차별하지 않는 것처럼 보이지만 교묘하고 은밀한 방법으로 그들만의 커뮤니티를 만드는 경우가 많다.

미국 초등학교와 중학교에서 선생님들이 가장 많이 강조하는 학교 생활 원칙은 '인종차별은 절대 허용하지 않음'이다. 그런데 재미있는 것은 눈에 보이지 않는 벽은 여전히 존재한다는 사실이다. 언젠가 미국인 친구의 생일에 초대되어 간 적이 있는데 파티 장소가 프라이빗 클럽이었다. 내가 살던 집에서 산 하나를 넘어서 찾아간 그곳은 별천지였다. 수영장과 테니스코트와 게임 룸까지 완벽한 시설을 갖추고 있었는데 더욱 놀라운 것은 그곳에 동양인은 나밖에 없었다는 점이다. 차별이 있기는 한데 눈에 보이지는 않았던 거다. 그런데 엄밀히 따지면 나는 그것이 단순히 인종차별이라기보다는 여러 요인이 복합적으로 작용한 결과라는 생각이 든다. 그 여러 요인 중에는 경제력과 교육 수준 같은 것들이 있지 않을까 추측해봤다. 그리고 이런저런 요인으로 거르다 보니 동양인이나 흑인은 그 클럽에 가입할 수 없는 상황이 됐는지도 모른다.

대부분의 미국인들은 미국이 다른 나라와 달리 국민이 국가를 만들었다는 데 자부심을 갖는다. 하지만 짧은 역사를 지닌 미국이 이렇게 발전하게 되기까지는 정말 많은 시행착오와 분쟁이 있었다. 우리가 잘 알고 있는 남북전쟁과 원주민 학살 그리고 흑인 노예 문제 같은 것들이 대표적이다. 어쨌든 다행인 것은 지금 이들이 과거의 부끄러운 역사를 박물관에 그대로 기술해놓음으로써 과거의 잘못을 되풀이하지 않겠다는 의지를 보여주고 있다는 점이다. 야후를 설립한 제리 양과 구글의 공동 창업자 세르게이 브린은 각각 중국과 러시아 출신이다. 미국이 과거의 잘못을 인정하고 이를 고치려고 노력해왔기에 우수한 인력들이 미국에서 뜻을 펼칠 수 있고 결과적으로 미국의 국익에도 큰 도움이 된 것이다.

콜로라도스프링스의 서부광산·산업박물관

덴버에서 25번 고속도로를 타고 남쪽으로 한 시간가량 내려오다 보면 콜로라도스프링스Colorado Springs라는 오래된 예쁜 도시가 나온다. 이 도시의 어귀에 '서부광산·산업박물관Western Museum of Mining and Industry'이 자리 잡고 있는데 규모가 크지는 않지만 콜로라도 광산의 역사와 광산에서 썼던 기계들을 직접 볼 수 있는 곳이다. 특히 관심을 끌었던 것은 우리가 직접 금을 찾을 수도 있다는 이야기였다. 나와 세하는

서부광산·산업박물관 입구에 있는 표지판.

열심히 사금을 찾고 있는 세하.

광산박물관의 내부. 굴착기같이 광산에서 사용되었던 다양한
도구가 전시되어 있다.

서부광산·산업박물관 전경.

우리가 직접 금을 채취할 수도 있다는 말에 솔깃해졌다. 당연히 박물관에 입장해서 바로 사금 채취 현장으로 달려갔다.

그런데 사실은 실제와 비슷하게 꾸며놓은 세트에서 사금 채취를 하는 시늉만 내는 거였다. 에이 이게 뭐야 하고 실망을 했지만 동생 세하는 열심히 모래가 든 접시를 물에 넣었다 뺐다를 반복하고 있다. 그러면서 나를 보고 "오빠도 열심히 해봐, 금이 나온다잖아" 하는 거다. 나는 세하에게 이건 그냥 체험용이라는 말을 해줘야 하나 말아야 하나를 한참 망설이다가 땀을 뻘뻘 흘리며 있지도 않은 사금을 열심히 찾는 모습이 안쓰러워서 그냥 "오늘은 사금이 안 나온대"라고 말하고 세하의 손을 잡고 다른 전시장으로 향했다.

골드러시 때 광부들은 산에서 내려오는 작은 강물을 주변의 흙과 섞어서 수로로 흘려보내 이 흙탕물을 걸러내는 과정에서 금을 채취했다고 한다. 이런 방법은 대규모로 금을 찾을 때 쓰였고 보통 사람들은 직접 접시를 이용해서 강물 주변의 모래를 물과 함께 조금 퍼서 다른 물질보다 금이 더 빠르게 물에 가라앉는 원리를 이용해서 금을 채취했다고 한다. 박물관에는 골드러시 때 미국 사회상을 보여주는 코너도 있는데, 1850년대 서부 지역에서 금광이 발견되자 중부와 동부에 살던 많은 사람들이 일확천금을 노리고 자신의 모든 재산을 다 투자해서 서부로 온 경우가 많았다고 한다. 하지만 금을 캐는 일이 생각보다 위험해서 낭떠러지에서 떨어져 죽은 사람도 많고 갱도가 무너져서 죽은 사람, 다이너 마이트가 터질 때 미처 피하지 못하고 죽은 사람, 짐승의 공격으로 죽은 사람까지 헤아릴 수 없이 많은 사람들이 죽었다. 그런데도 사람들은 이미 전 재산을 이곳에 투자한데다 한번 금맥이 터지면 엄청난 돈을 벌 수 있기 때문에 위험을 무릅쓰고 이 일을 계속했다고 한다.

미국은 땅이 넓은 나라라서 그런지 본관 전시실은 꽤 작은데도 박물관 부지는 뒷산 하나를 포함할 만큼 넓었다. 멀리 보이는 산에도 광산의 흔적이 남아 있어서 옛날 광산을 제대로 체험할 수 있었다.

박물관에서 나오면서 가장 기억에 남았던 것은 광산과 관련된 온갖 사고였다. 금광뿐만 아니라, 구리, 은, 철광석 같은 광석을 캐는 광산이 콜로라도 주에는 많이 있는데 광산마다 크고 작은 사고가 끊이지 않았다고 한다. 왜 광부들이 자신의 목숨을 위험에 빠뜨리면서까지 광석을 캐는지 이해가 되지 않는다고 말했더니 아빠는 몇 가지 이유를 설명해 주셨다.

"몇 가지 이유가 있었을 거야. 하나는 생계를 위해 위험을 무릅쓰고 일을 했어야 하는 경우일 거고, 또 하나는 큰돈을 벌 욕심에 위험한 줄 알면서도 무리하게 도전했을 수도 있고, 다른 하나는 사명감으로 일을 했을 수도 있을 거다. 우리나라에서 한창 석탄 산업이 발전했던 시절엔 석탄을 캐는 광부 아저씨가 산업 역군으로 국가 발전에 큰 도움이 되었지. 그분들은 열악한 조건 속에서도 묵묵히 일을 하며 당신의 희생이 국가와 국민에게 도움이 된다는 사명감으로 일을 하셨단다. 그런데 아빠가 보기엔 서부 개척 시대의 사람들이 그런 사명감으로 일을 했을 것 같지는 않구나. 생계를 위해서 어쩔 수 없이 일을 했거나, 돈 욕심에 위험을 감수하지 않았을까?"

아빠의 말씀을 듣고 나니 가난과 욕심을 극복하지 못하면 사는 것이 불행해질 수밖에 없다는 교훈을 얻게 됐다.

파이크스피크의 명물 도넛

서부광산·산업박물관에서 한 7~8분쯤 남쪽으로 내려오면 콜로라도 스프링스가 나온다. 바로 여기서 해발 4,300미터인 파이크스피크Pikes Peak로 올라가는 기차를 탈 수 있다. 4,300미터! 오늘 이렇게 높은 산을 올라간다니 하고 흥분한 것도 잠시, 파이크스피크가 콜로라도 주에 있는 산 가운데 서른한 번째로 높은 산이라는 안내가 나왔다. 파이크스피크 정도는 콜로라도 주에서 명함도 못 내미는 높이인 것이다.

하지만 내게는 무척 기대되는 등반이었다. 물론 기차로 편안하게 올라갈 수 있지만 이렇게 높은 곳까지 올라간 적이 없기 때문에 도대체 4,300미터 위의 모습은 어떤지가 너무 궁금했다. 그런데 막상 스위스에서 제작되었다는 기차를 타니 걱정이 먼저 밀려왔다. 의자는 나무로 만들어진데다 삐걱거리는 소리가 날 정도였고, 창문엔 유리창이 없었다.

콜로라도스프링스의 산악열차 출발역.

파이크스피크로 올라가는 산악열차.

이렇게 열악한 기차로 어떻게 저 위험하고 경사진 산을 올라가나 걱정을 하고 있는데 안내원이 해준 말이 나를 안심시켰다. 이 기차의 엔진과 레일은 정기적으로 갈아주며, 올라가고 내려올 때 투스tooth라고 불리는 톱니바퀴들이 기차 밑과 레일 위에 같이 연결이 되어 있어서 사고의 위험은 없으며, 창문 또한 닫히니 염려 말라는 것이다. 알고 봤더니 창틀 아래에 창문이 숨어 있었다. 이 창문을 끄집어 올려서 닫게 되는데 기차의 고도가 높아지면 기온이 급강하하기 때문에 가급적이면 창문을 닫아야 한다고 한다. 생각보다 기차는 부드럽게 출발했다. 출발역에서부터 정상까지의 표고 차는 2,286미터지만 산을 빙빙 돌면서 한 시간가량을 달려서야 정상에 도착했다. 사람은 기술을 통해 자연을 정복한다. 하지만 우리의 몸은 아직 자연의 힘을 다 이겨내지는 못하는 것 같다. 파이크스피크의 정상에 가까워질수록 머리가 어지러워지기 시작했다.

아빠는 숨이 차다고 하는데 세하와 엄마는 다행히 별 증상을 느끼지 못했다. 우리 집 남자들만 호들갑을 떠는 것 같다. 하지만 주위를 보니

파이크스피크의 정상. 해발 4,300미터나 된다.

어지러워서 눈을 감은 사람과 가쁜 숨을 몰아쉬는 사람들이 눈에 많이
띈다. 이런 증상을 고산병이라고 하는가 보다 하고 마음을 좀 더 편안하
게 가지려고 노력했다. 정상으로 올라가면서 달라지는 것은 산소량뿐
만이 아니었다. 고도가 높아지면서 기온이 급격히 떨어졌기 때문에 준
비해온 카디건 정도로 갑자기 몰려드는 찬바람을 막아내기엔 역부족이
었다. 어지럽고 숨이 찬데다 추위에 오들오들 떨면서 정상에 도착하니
바람은 더욱 세차게 불고 주위에는 늦은 봄까지 내렸던 눈이 아직도 녹
지 않고 쌓여 있었다. 난생 처음 해발 4,300미터를 올라온 기분을 만끽
하기에는 춥고 어지럽고 숨차고 배도 고파왔다. 편안하게 기차 타고 올

라온 주제에 엄살이 심하다 싶겠지만, 어서 빨리 내려가고 싶은 생각뿐이었다. 4,300미터 높이에 올라와서 이렇게 호들갑을 떠는 내 모습을 보며, 이보다 두 배가 높은 8,000미터 이상의 에베레스트 산을 정복한 사람들은 도대체 어떤 사람들인지 궁금해졌다.

파이크스피크 정상엔 다행히 따듯하게 몸을 녹이며 쉴 수 있는 카페와 기념품 가게가 있어서 우리 가족은 초스피드로 기념사진을 찍고 재빨리 카페에 들어가서 자리를 잡았다. 사실은 사진이고 뭐고 빨리 따뜻한 카페에 앉아서 쉬고 싶었다. 하지만 우리 엄마는 새로운 곳에 가면 무조건 사진을 먼저 찍는다. 더구나 오늘 올라온 곳은 4,300미터의 파이크스피크 정상이 아닌가!

카페에 들어가니 방금 튀겨낸 향기로운 도넛 냄새가 나를 맞이했다. 이미 기차를 타고 올라올 때 안내방송을 통해서 이곳의 도넛이 유명하다는 말을 들은 터라 이를 먹기 위해 50명 정도의 사람들이 벌써 줄을 서서 차례를 기다리고 있었다. 추위에 오들오들 떨다가 맛보는 따끈한 도넛은 입을 대는 순간 사르르 녹는 느낌이었고 코코아의 깊은 맛은 고산증후군을 완전히 잊게 해주었다. 지금도 이 글을 쓰고 있는데 엄마가 어깨 너머로 슬쩍 보시더니 아빠에

파이크스피크 정상에서 파는 도넛과 코코아. 사진에 보이는 것보다 백 배는 더 맛있다.

게 한마디 하신다.

"자기야, 나 그 도넛 먹고 싶다. 어떻게 좀 해봐아~."

아빠도 질세라 한 말씀하신다.

"그래? 그까짓 것 먹으러 가지 뭐. 지금이 밤 10시니까 샌프란시스코에서 덴버까지 가려면 20시간 정도를 쉬지 않고 운전해야 할 거고, 덴버에서 콜로라도스프링스까지는 한 시간 거리에다, 기차를 타고 또 한 시간 올라가야 하니까…… 아, 그렇지 기차도 예약을 해야 하니까 하루 정도 더 기다려야 할 수도 있거든. 그러면 지금 출발하면, 이 세상에서 가장 먹기 힘든 도넛인데…… 내일모레 오전에는 먹을 수 있을 것 같은데?!"

아빠가 한 말씀 더 하신다.

"가지 뭐, 놀면 뭐해? 재평아 옷 입어라."

이쯤 되면 엄마가 기권을 해야 할 때다.

"아니, 어디 마실 나가요? 됐네, 앓느니 죽지!"

그러자 아빠가 웃으며 말씀하신다.

"그 도넛 가게 말이야, 전화로 주문하면 배달해주지 않을까?"

"여기는 미국이에요. 우리나라 같으면 택배서비스가 워낙 발달해서 가능할 수 있겠지만, 미국 사람들은 먹고 싶으면 와서 먹어라 할걸요?"

"그래도 내일 한번 전화로 물어보지 뭐. 페덱스 같은 걸로 배달되는지 말이야."

이렇게 말씀하시면서 어느 샌가 엄마와 아빠는 부엌에서 무언가를 부스럭거리며 찾고 있다. 그리고 나는 안다. 우리 엄마와 아빠는 내일이 되면 또 내일의 새로운 음식을 생각한다는 것을.

덴버를 지나서 동쪽으로 70번 고속도로를 타면 끝도 없는 평야가 이어진다. 이른바 중부 대평원 지대다. 한국에서는 보기 힘들었던 지평선이 사방팔방으로 펼쳐진다. 이 드넓은 초록색 대지 위에 소들이 나와서 풀을 뜯고 있는 모습이 드문드문 보인다. 덴버에서 캔자스로 향하는 500킬로미터가 계속 평지이다. 물론 도로가 일직선임은 두말할 나위도 없다. 앞뒤로 일자로 쭉 뻗은 도로, 시속 120킬로미터가 넘는 속도로 몇 시간을 가도 낮은 언덕조차 나오지 않는 평탄한 길. 사방을 둘러봐도 보이는 건 들판과 하늘뿐이다. 지평선에 소나기구름이 생기면 저 멀리 비가 내리는 것을 볼 수 있고 천둥번개가 치는 것도 볼 수 있는데, 우리가 있는 곳엔 햇살이 쨍쨍 내리쬔다. 이렇게 넓은 하늘을 볼 수 있다는 것

덴버에서 캔자스시티로 가는 길은 사방으로 지평선이 보이는 중부 대평원을 가로지른다.

이 신기했다. 그래서인지 여행을 하면서 자연에 대한 두려운 마음과 감사하는 마음이 동시에 생겨났다.

평지가 많은 캔자스 주에서는 무시무시한 토네이도가 종종 생겨난다고 한다. 집을 송두리째 휘감아 올리는 강력한 토네이도 때문에 많은 사람이 희생당하기도 하고 삶의 터전을 잃기도 하지만 이 토네이도 덕분에 재밌는 소설이 등장하기도 했으니, 영화로 더욱 많이 알려진《오즈의 마법사》가 그것이다.

와메고 오즈 박물관

《오즈의 마법사》는 주인공 도로시가 토네이도에 휩쓸리면서 이야기가 시작된다. 도로시는 캔자스 농장에 사는 어린 소녀였다. 나는 드넓은 평원을 보면서 또 저 멀리 뭉게구름 밑에 있는 먹구름에서 천둥번개와 함께 소나기가 내리는 것을 보면서, 혹시 토네이도가 생겨서 우리 차를 덮치는 게 아닌가 하는 걱정에 몸을 차 시트에 바짝 붙였다. 그런데 아빠의 갑작스러운 외침이 들렸다.

"여기가 와메고Wamego구나!"

고속도로 옆 안내판을 보니, '와메고, 오즈 박물관 여기서 12마일'이라고 써 있다. 아무리 봐도 마을이 있을 것 같지 않은 한적한 시골길을 따라 십여 마일을 들어가 보니, 영화에서나 볼 수 있을 듯한 작은 마을이 나오고 그 한가운데에 '오즈 박물관OZ' Museum'이 자리 잡고 있었다.

오즈 박물관은 박물관이라고 하기에는 너무 작은 규모였다. 입구 위에 오즈 박물관이라는 간판이 없었다면 이것저것 잡화를 파는 상점으로 착각하기 쉬웠을 것이다. 하지만 미국 일주를 시작하면서 이미 작은 규모의 박물관을 많이 봐온 터라 그다지 낯설게 느껴지지는 않았다. 규모는 작아도 《오즈의 마법사》가 탄생한 바로 그곳에 자리 잡은 박물관이라서 그런지 신비한 느낌을 주는 듯도 했다.

매표소에서 표를 사서 박물관 안으로 들어가면 영화 속 세상으로 들어

오즈 박물관. 책의 명성에 비해 너무나 작은 박물관.

온 듯한 착각이 들 정도로 〈오즈의 마법사〉에 나오는 무대 배경이며 각
종 소품들이 잘 전시되어 있고, 실제로 영화에 등장했던 소품도 있었다.

《오즈의 마법사》는 영화로 더욱 유명해졌는데 영화가 성공을 거둔 데
는 여러 가지 이유가 있다. 하지만 그중에서도 이 영화가 세계 최초의
컬러 영화라는 점이 가장 큰 요인이 아닐까 싶다. 토네이도에 휩쓸린 도
로시가 다른 세상으로 가기 전까지는 흑백으로 상영되던 영화가 갑자기
컬러 화면으로 전환되면서 사람들에게 생생한 느낌을 주었고 이러한 기
술력이 이 영화가 대히트를 기록하게 된 원동력이었을 것이다. 아무튼
《오즈의 마법사》는 영화로 세상에 널리 알려지게 되었고, 그 결과 벽촌

에 가까운 캔자스 와메고에 오즈 박
물관이 생겨난 것이다.

   이처럼 아무리 작고 사소한 사건
이라도 박물관을 만들어 역사에 남
기려는 미국인들의 사고방식이 내
가 미국 박물관 탐방을 하면서 가장

오즈 박물관 깡통 로봇 앞에서.

인상 깊었던 것 가운데 하나다. 또 자원봉사자들이 적극적으로 박물관
운영에 참여하는 점 등도 흥미로웠는데 오즈 박물관 역시 매표소 직원
이나 박물관 안내를 도와주는 사람들이 그 지역에 사는 자원봉사자들이
었다. 아마도 이들에게는 박물관 자원봉사가 자신이 살고 있는 지역에
대한 자긍심을 높이는 특별한 경험일 것이다.

   오즈 박물관에는 내실 있는 전시품들이 많았는데 그중에는 영화에 등
장한 배우들이 직접 입었던 의상이며 소품들이 눈에 띄었다. 소품들 중
에는 배우들이 직접 사인을 한 것들도 있어 특별히 더 눈이 가기도 했
다. 박물관 관람을 마치고 로비로 나오면 기념품 파는 곳이 있는데 도로
시가 신었던 빨간 구두부터 원피스까지 여자아이들이 보면 갖고 싶어
할 만한 것들이 정말 많았다. 한 가지 아쉬운 점은 이 모든 기념품이 다
'메이드 인 차이나'라는 것이다. 미국의 대도시도 아닌 외진 시골 한가
운데 있는 작은 박물관에서조차 중국에서 만든 기념품을 팔고 있다니,
중국이 세계의 공장이라는 말이 비로소 실감이 났다.

70번 고속도로를 타고 동쪽으로 달리다가 캔자스시티를 한 시간 남겨둔 지점이라면, 잠시 고속도로를 벗어나서 영화에 나올 듯한 좁고 한적한 시골길을 따라 와메고를 방문해보기 바란다. 70번 고속도로변의 작은 마을인 와메고는 미국이 숨겨둔 소중한 보물창고 같은 곳이다.

아메리카 넘버원 바비큐

와메고에서 차로 한 시간 정도 동쪽으로 달리면 캔자스시티Kansas City가 나온다. 재미있는 것은 캔자스시티라고 하면 당연히 캔자스 주에 있을 거라 생각하겠지만 절반은 미주리Missouri 주에 속해 있다. 그 이유는 이곳에 정착한 사람들이 캔자스시티를 가로질러 흐르는 캔자스 강에서 도시 이름을 따왔기 때문이라고 한다. 하지만 설명을 듣고 나서도 왜 한 도시를 두 개의 주로 쪼개놓았는지 잘 이해가 되지 않았다. 그냥 캔자스 주에 다 포함시키면 안 되는 걸까? 이름이야 어떻든 캔자스시티는 미국 한가운데 있는 도시로 미국적인 음식과 친절한 사람들을 많이 만날 수 있는 곳이었다.

미국 사람들에게 가장 미국적인 음식을 물어보면 둘 중 하나는 햄버거 그리고 나머지 하나는 바비큐를 꼽는다. 그리고 내가 장담하건대 미국에서 가장 맛있는 바비큐는 캔자스시티에 있다. 오클라호마 조Oklahoma Joe's 바비큐 집이 바로 그 주인공이다. 보통 맛집이라고 하면 삼대를 이어온 전통이 있다거나 최소한 30년쯤 됐다는 전통을 자랑하기 마련이지만 오클라호마 조 바비큐는 역사가 그리 오래되지 않았다. 이곳에 문을 연 것이 1996년의 일이니까 고작 17년 정도밖에 되지 않은 것이다. 그런데 점심 때 가면 으레 50명 정도가 늘 대기하고 있을 정도로 이곳 사람들 사이에서는 인기가 하늘을 찌른다. 우리 가족도 미국 일주를 하면서 캔자스시티에 묵는 동안 매일 찾아갈 정도였고 그 맛을 못 잊어서 몇 년 후에도 샌프란시스코에서 캔자스시티까지 일부러 일을 만들어 찾아가서 먹었을 정도다. 미국의 유명 셰프이자 방송진행자인 앤서니 보데인이 2009년에 선정한 '죽기 전에 꼭 맛봐야 할 음식점 13곳' 중한 곳이니 미국 전역에서 유명세를 탄 바비큐 집이기도 하다.

이 가게가 짧은 시간에 성공 신화를 쓸 수 있었던 것은 바로 미국 각지에서 열리는 바비큐 대회에서 연달아 우승을 차지했기 때문이다. 오클라호마 조 바비큐 집에 들어서면 사방 벽면 여기저기에 바비큐 대회에서 우승한 기념패가 걸려 있는데 목이 아파서 쳐다보기 힘들 정도로 많다.

그런데 왜 캔자스시티에 있는 바비큐 집 이름이 오클라호마 조일까? 오클라호마 주는 캔자스 주 바로 아래에 있는데 사실 오클라호마 주의 주도인 오클라호마시티에 1993년 처음 바비큐 레스토랑을 열었기 때문이라고 한다. 어쨌든 오클라호마에 있던 레스토랑은 예전에 문을 닫았고 캔자스시티 주변에 2개의 분점을 더 운영하고 있다고 한다. 하지만 그중에 가장 붐비는 곳은 바로 이 1호점으로 특이하게도 허름한 주유소 건물에 자리 잡고 있다. 그래서 처음 방문하는 사람들은 이곳을 찾는 데 애를 먹는다고 한다.

주문은 패스트푸드점과 같은 방식으로 이뤄진다. 일단 쟁반을 먼저 챙긴다. 물론 그전에 식당 안을 꾸불꾸불 돌며 서 있는 사람들의 맨 뒤에 서서 차례가 오길 기다려야 한다. 보통은 10분, 길게는 30분은 족히 기다려야 차례가 온다. 미국 사람들은 줄도 잘 서고, 오래 기다리는 것도 잘한다. 누구 하나 불평하는 사람이 없다. 불평을 할 거면 다른 데를 가면 되지 왜 불평을 하며 줄을 서냐는 것이 미국 사람들 생각이다. 그리고 앞에서 계산하는 사람이 까다롭게 주문을 하면서 시간을 오래 끌어도 뒤에서 뭐라고 하지 않는다. 왜냐하면 그 사람이 점원과 얘기하는 시간은 그 사람의 권리이고 그 권리를 인정해주는 것이다. 우리나라에서는 계산을 하면서 시간을 오래 끌면 뒷사람 눈치를 보게 되기도 하고 뒤에서 "빨리 좀 합시다"라는 말을 듣기도 하는데, 이런 '빨리빨리 문화'에 익숙한 한국 사람들이 미국에서 적응하기 어려운 것 중에 하나가 바로 이렇게 줄을 서서 기다리는 문화다. 어느 쪽이 더 낫다고 할 수는 없지만 우리는 조금 더 남을 의식하는 문화인 반면 미국은 내 것을 챙기기 위해 남의 것도 인정하는 문화라고 이해하면 될 것 같다.

아무튼 우리 가족은 너무 오래 기다려서 눈 밑이 시커멓게 꺼질 무렵

오클라호마 조 바비큐. 바깥에서 보면 주유소인지 음식점인지 헷갈린다.

점심때 주문을 위해 길게 늘어선 줄.

미국 잡지에 소개된 오클라호마 조 바비큐. 사진 왼쪽 아래가 앤서니 보데인이다.

에야 주문을 할 수 있었다. 바비큐 포크 립과 이 집에서 점심때 가장 잘 팔린다는 풀드 포크pulled pork 샌드위치와 비프 브리스킷beef brisket을 주문했다. 풀드 포크 샌드위치는 바비큐 포크를 가늘게 찢어서 햄버거 빵 사이에 끼워 파는 음식인데 쉽게 설명하면 햄버거에 들어 있는 고기가 바비큐 포크인 것이다.

이 집에서 가장 맛있는 음식은 비프 브리스킷이었다. 브리스킷은 우리말로 하면 치마살인데 양지머리 중에서 특별히 더 부드럽고 맛있는 부분으로 마치 여성들이 입는 치마처럼 생겼다고 해서 붙은 이름이다. 우리는 보통 국물을 낼 때 치마살을 쓰는데 여기서는 오랫동안 바비큐를 해서 얇게 썰어 소스를 얹어서 먹고 있었다. 그런데 그 맛이 가히 천상의 맛이라고 할 수 있을 정도다. 한입 입에 넣는 순간, 고기로 만들 수 있는 궁극의 맛이 있다면 바로 이런 맛일 거라는 생각이 들 정도였다. 씹지도 않고 삼킨 기억도 없는데 고기가 입안에 들어오면 어느새 어디론가 사라져버린다. 너무 맛있어서 눈물이 날 지경이었다. 아빠가 "아무래도 우리가 너무 배가 고플 때 먹어서 음식 맛을 제대로 평가하지 못했을 수 있다. 그러니 내일 와서 다시 먹어보자"라고 말씀하셨다. 우리 가족 모두는 감사한 마음으로 당연히 "그래야 할 것 같다"고 말했다.

그다음 날, 우리는 조금 일찍 서둘러서 오클라호마 조 바비큐 집을 찾았다. 그리고 전날과는 다르게 비프 브리스킷을 좀 더 많이 주문했고 다시 한 번 감탄했다. 그렇다, 이 집은 배가 덜 고플 때 찾아와서 먹어도 맛있는 집이었던 것이다. 그리고 더 고마운 것은 이 맛있는 비프 브리스킷이 1파운드(약 453그램)에 11.79달러밖에 안 한다는 것이다. 우리 4인 가족이 정말로 양껏 먹었는데 50달러도 나오지 않았다. 고기를 먹었는데…… 게다가 우리 가족이 양껏 먹었다면 정말 많이 먹었다는 얘긴데…… 가격도 착하고 맛은 고마운 잊지 못할 미국의 맛이었다.

5장 세인트루이스에서 흑인 역사를 배우다
Saint Louis

미국은 도시마다 독특한 특성이 있다. 처음 미국에 왔을 때 동네에 중국 사람들과 인도 사람들이 의외로 많이 살아서 내가 미국에 와 있는 게 맞나 하는 생각이 들 정도였다. 알고 봤더니 내가 살고 있는 실리콘밸리 지역의 특성상 다양한 인종이 섞여서 IT 산업에 종사하고 있기 때문이었다. 그런데 세인트루이스Saint Louis에 와보니 이 도시에는 흑인들만 사는 것처럼 보였다. 이곳에 오기 전에 들른 캔자스시티에는 백인들만 모여 사는 것 같았는데, 고작 4시간을 달려서 도착한 세인트루이스에서는 거리에서 마주치는 거의 모든 사람들이 흑인이었다. 미국은 피부색에 따른 차별이 없는 나라, 자유와 개인의 권리가 존중되는 이상적인 민주국가로 배웠는데, 왜 같은 피부색을 가진 사람들끼리만 모여 사는 곳이 있는 것일까?

세인트루이스의 도시 중심은 번
듯하고 화려해 보이는 반면, 시내를
벗어나 외곽으로 조금만 나가면, 허
름하고 부서진 집들이 많이 보였다.
사람이 살고 있지 않은 듯한 집들
이 많은 것을 보면서, 도시가 점점

세인트루이스 시내. 멀리 세인트루이스를 상징하는 아치
가 보인다. 아치에는 전망대가 있다.

쇠락해가고 있음을 알 수 있었다. 빨간 벽돌로 지어진 오래된 건물들은
서로 약속이나 한 듯이 유리창이 깨져 있었는데, 이런 건물들이 늘어선
길을 지나서 우리 가족은 '그리오 흑인역사 · 문화박물관Griot Museum of
Black History & Culture'에 도착했다.

그리오 흑인역사 · 문화박물관

길가에 있는 2층 저택을 개조한 박물관 현관에 도착해 보니 문은 쇠
창살로 굳게 닫혀 있고, 박물관 입구에서 흔하게 볼 수 있는 전시 안내
물은 물론이고 입장권을 파는 매표소도 없었다. 길을 잘못 알고 찾아
온 것으로 생각하고 발길을 돌리려는 순간, 현관에 작은 글씨로 써 붙인
"방문객은 초인종을 누르시오"라고 쓰인 문구가 눈에 들어왔다.

초인종을 누르고 들어가야 하는 그리오 흑인역사·문화박물관.

　치안이 잘 유지되지 않는 곳에서 박물관을 운영하려니 어쩔 수 없이 문을 닫고 초인종을 누르는 손님만 선별적으로 맞이하는 것 같았다. 하지만 일단 박물관에 들어서니 직원들의 따뜻한 환대를 받을 수 있었다. 친절한 직원들의 안내를 받으며 나는 흑인 차별의 역사와 남북전쟁에서 흑인들의 역할 등 흑인들의 역사에 대해 많은 것을 알게 되었다. 특히 마틴 루터 킹 주니어Martin Luther King Jr.에 대해서 자세한 설명을 들을 수 있었다. 흑인과 백인의 차이는 구분하되 차별을 해서는 안 된다는 것이 마틴 루터 킹 주니어의 주장이었다. 외견상으로 보이는 피부색의 차이는 인정하되 같은 인격체로서 인간의 존엄성은 서로 존중해야 한다는 주장이다. 차별은 바로 서로 다른 점을 존중하지 않고 비하하는 데서 비롯된다. 자신의 주장을 비폭력의 방법을 통해 효과적으로 펼친 마틴 루터 킹이 있었기에 오늘날 미국에서 흑인들이 자유와 권리를 누리며 살 수 있다는 것을 이 박물관을 관람하면서 알게 되었다.

그리오 흑인역사·문화박물관은 원래 '흑인역사왁스박물관The Black World History Wax Museum'이었는데 1997년 박물관의 설립 의도와 임무에 더 맞는 이름으로 바꾸게 되었다고 한다. 아프리카 대륙에서 그리오 Griot는 사회에서 존경 받는 사람으로서 그 사회의 이야기를 수집하고 보존하고 나누는 사람을 뜻한다. 따라서 '그리오'라는 이름은 이 박물관이 미국 중서부에서 흑인 역사의 그리오 같은 존재가 되겠다는 의도에서 붙인 이름이다.

그리오 박물관의 창시자인 로이스 콘리Lois Conley는 한 인터뷰를 통해 흑인 역사가 미국 역사에서 빠질 수 없는 부분임에도 이에 대한 교육을 하지 않는 것에 대한 안타까운 심정을 토로했다.

"나는 흑인 역사를 기록하는 데 아주 관심이 많았어요. 왜냐하면 흑인 역사는 미국 역사에서 빠질 수 없는 부분을 이루지만 교육 과정에서는 다뤄지지 않았기 때문입니다. 어떻게 이 많은 아이들이 흑인 역사에 대해서 모를 수가 있는지 저로서는 이해할 수가 없습니다."

로이스는 흑인 역사에 대한 지식을 쌓는 한편, 다른 박물관들이 흑인 역사를 어떻게 전시하고 있는지를 공부했다. 그녀는 세인트루이스의

학교와 대학교를 다니면서 흑인 역사에 대한 강의를 했고 그러한 노력의 결과로 이 박물관을 세울 수 있었다. 1997년에 문을 연 이 박물관은 현재 세인트루이스 시가 주최하는 서머 캠프에서 7주 동안 270명의 아이들을 이 박물관에 데리고 가는 것이 필수코스가 되었을 만큼 인정을 받고 있다.

그리오 흑인역사·문화박물관의 큐레이터는 내게 박물관의 역사를 설명해주면서 그가 로이스에 대해 무한한 사랑과 신뢰를 느끼고 있다는 말을 덧붙였다. 또한 이 박물관이 갖고 있는 특별한 가치 덕분에 나처럼 세계 곳곳에서 이곳을 방문하는 사람이 늘고 있다는 얘기도 잊지 않고 해주었다.

그런데 박물관을 나와서 찾아간 한 카페에서 나는 또다시 이해할 수 없는 장면과 마주쳤다. 박물관 근처에서 만난 사람들은 모두가 흑인이었는데, 지금 들어온 카페 안에는 백인들만 있는 것이 아닌가? 아빠는 이러한 현상이 자연스럽게 발생한 것이라면 미국은 아직 갈 길이 멀다는 얘기를 하셨다. 어쨌든 나는 캔자스시티와 세인트루이스의 모습을 보면서 두 얼굴의 미국을 피부로 느꼈다. 아빠는 혼란스러워하는 내 모습을 보고 한 가지 제안을 했다.

"우리 흑인들이 먹는 음식을 한번 먹어볼까?"

흑인들이 먹는 음식? 흑인들은 뭔가 특별한 음식을 먹나? 나는 궁금하기도 하고 흑인들의 문화를 체험해볼 수도 있을 것 같아서 아빠의 제안을 받아들였다. 그렇게 해서 우리 가족은 세인트루이스를 떠나는 날 스위트 파이즈Sweet Pie's라는 식당을 방문했다.

스위트 파이즈의 영혼이 열리는 음식

흑인들이 먹는 음식을 솔 푸드Soul food라고 부르는데, 아빠의 말씀으로는 1960년대 흑인 인권운동과 함께 전면에 등장한 흑인 문화는 솔 soul(영혼)이라는 말로 대변되었다고 한다. 예를 들면 솔 뮤직soul music, 솔 푸드 같은 것이 대표적이다. 물론 솔 푸드의 기원은 아프리카에서 노예로 끌려온 흑인들이 백인들이 먹다 남은 음식을 자신들만의 조리법으로 다시 만들어 먹은 데서부터 시작했다. 백인이 먹다 남긴 음식으로 끼니를 해결했던 아픈 역사를 지닌 흑인들의 솔 푸드. 나는 아빠의 설명을 듣고 나서 내심 맛이 있을까 하는 걱정과 불안한 마음이 들었는데, 아빠가 안심을 시켜주셨다.

"음식 맛은 만드는 사람의 정성에서 나오는 것이고 무엇보다 가족과 함께 먹는 음식이 맛있는 법이란다. 그런 점에서 솔 푸드는 지상 최고의

세인트루이스의 스위트 파이즈 식당. 큼직한 생선 튀김들이 인상적이다.

음식이지. 물론 높은 칼로리가 문제가 될 수는 있지만……."

나는 아빠의 말씀을 다 이해할 수는 없었지만 우선 스위트 파이즈에 들어가서 식사를 하면서 그 뜻을 다시 생각해보기로 했다. 그런데 막상 무섭게 생긴 흑인들로 가득 찬 식당 안에 들어서니 발이 얼어붙을 지경이었다. 다시 나가고 싶었지만, 엄마 아빠는 너무도 태연하게 자리를 잡고 앉으시는 것이 아닌가! 생각해보라 덩치 큰 흑인들이 우글우글한 식당에 동양인 가족이 자리를 잡고 앉은 모습을. 다행히 아빠의 헬스로 다져진 몸이 그들에게 크게 밀리진 않았지만, 흑인들의 강렬한 피부색에 눌려서 그다지 위력을 발휘하지는 못하는 느낌이었다. 하지만 이러한 나의 걱정은 기우에 불과했다. 겉보기에 무뚝뚝한 점원들이 아빠의 한마디에 금세 태도를 바꿨다.

"내가 묵고 있는 호텔 직원이 이 집이 맛있다며 꼭 가보라고 하더군요. 제대로 된 솔 푸드가 먹고 싶어서 왔는데 어떤 음식이 좋은지 추천해주세요."

스위트 파이즈의 맛있는 음식들. 화면 위쪽부터 시계방향으로 맥 앤드 치즈, 양배추 절임, 양파와 피클, 생선 튀김, 옥수수 빵이다.

아빠의 말에 감동한 듯한 점원은 친절하게 메뉴에 대한 설명을 해주었다. 이곳의 음식은 칼로리를 생각하지 않고 맛과 영양만 생각해서 만든 음식으로 큼직한 프라이드 치킨과 생선 튀김, 이 집의 대표 메뉴인

스위트 파이즈 직원들과 함께. 오른쪽부터 아빠, 나, 스위트 파이즈의 주인아주머니와 직원들.

맥 앤드 치즈Mac&cheese(마카로니를 노란 치즈로 버무린 음식), 옥수수 빵, 양배추를 삶아서 양념을 한 요리, 그리고 삶은 고구마를 으깨서 시럽을 부은 후식까지 정말 푸짐하고 맛있었다. 우리 가족이 맛있게 먹는 모습을 보고 직원들이 하나둘씩 우리 자리에 와서 뭘 더 먹겠느냐고 물어보기까지 했다.

아빠가 식사를 마치고 홀에서 서빙을 하는 직원과 기념사진을 같이 찍자고 하니까 주인과 가게 안의 직원들이 한꺼번에 몰려들어 갑자기 단체사진을 찍게 됐다. 솔 푸드는 단순한 음식이 아니라 인종의 벽을 넘어서 서로를 좋아하게 만드는, 말 그대로 영혼이 열리는 음식이었다.

6장 세상의 모든 탈것들

Indianapolis

세인트루이스에서 세 시간 정도 동쪽으로 달려가면 온 도시를 자동
차 경주장처럼 치장한 인디애나폴리스Indianapolis에 도착한다. 도시 중
심가에서 북서쪽으로 15분 거리에 있는 스피드웨이로 향하는 도로에는
자동차 경주 대회를 알리는 현수막들이 곳곳에 걸려 있고 도로 위를 가
로지르는 철길에는 스피드웨이에서 심판이 흔드는 바둑판무늬 깃발이
그려져 있다.

미국인의 자동차에 대한 열정을 느끼고 싶으면 반드시 방문해봐야 하
는 도시가 인디애나폴리스다. 인디애나폴리스는 자동차 경주의 도시
로 나스카NASCAR, 즉 전 미국 스톡카 레이싱 협회National Association for
Stock Car Auto Racing가 있는 곳이다. 스톡카는 일반 자동차를 경주용 차

로 개조한 것을 말한다. 자동차 경주는 F1formula 1, 카트CART, 스톡카 stock car, 이 세 가지로 나뉘는데 인디애나폴리스는 그중 스톡카 경주의 본거지다.

인디애나폴리스는 시카고 남서쪽 화이트 강 연안에 자리 잡은 도시로 풍부한 자원과 수력발전으로 공업이 발달했다. 포드가 처음으로 자동차를 만든 곳도 바로 이곳 인디애나폴리스라고 한다. 아스팔트가 보급되기 전인 1909년에 벽돌 320만 개로 서킷을 만든 것이 이 스피드웨이의 시초다. 당시 자동차가 보급되기 시작하면서 인디애나 주의 자동차 산업 발전을 위해 지역 사업가 4명이 만든 서킷인데 100년이 지난 지금, 세계 자동차 경주의 메카로 자리 잡은 계기가 되었다. 그리고 해마다 5월 말에 열리는 '인디500' 경기를 보기 위해 40만 명이 넘는 관중이 인디애나폴리스를 찾는다. 이 모습은 미국 텔레비전에 생중계 되는데 한마디로 도떼기시장 같은 풍경이 연출된다.

인디애나폴리스 스피드웨이와
자동차경주박물관

그 유명한 인디애나폴리스 스피드웨이Indianapolis Speedway는 100년의 역사를 지닌 오래된 자동차 경주 트랙으로, 무려 25만 명을 수용할 수 있는 관중석을 자랑한다. 물론 세계 최대 규모임은 두말할 필요가 없다. 스피드웨이에서는 자동차 경주 트랙을 직접 달리며 견학할 수 있는 그라운드 투어Ground tour 프로그램을 운영하고 있었는데, 버스를 타고 나스카에서 실제로 선수들이 경주를 하는 트랙을 돌면서 투어가이드의 설명을 듣는 것이다. 나는 우선 25만 관중석이 다 들어차는지가 궁금했다. 그래서 관중석을 너무 많이 만든 것이 아니냐고 투어가이드에게 물어봤다. 그는 크게 한번 웃더니, 매년 5월 말에 열리는 나스카 경주의 티켓을 우리 같은 관광객들이 구하기란 '하늘에 별 따기' 만큼이나 어려울 거라는 귀띔을 해준다. 25만 석이 빈자리가 없을 정도로 꽉 찰 뿐만 아니라 경기장 밖에서 캠핑을 하면서 경기장 안을 기웃거리는 사람들도 꽤 많다고 하니, 미국 사람들이 얼마나 자동차 경주에 열광하는지를 짐작할 수 있었다.

그런데 재미있는 것은 일반인이 자신의 자동차를 가지고 와서 경주용 트랙을 달릴 수 있도록 공개하는 이벤트가 있다는 것이다. 매년 4월에 일반인들에게 경주용 트랙을 공개한다고 하니, 자동차를 개조해서 도로에서 질주하고 다니는 분들은 이곳에 와서 제대로 속도를 내보시고 제발 도로에서는 안전 운전해주시면 좋겠다는 생각이 들었다.

스피드웨이에는 미국 자동차 경주 역사 100년의 이야기가 담겨 있는 박물관인 '홀 오브 페임Hall of Fame'이 한편에 자리하고 있다. 이곳에는 1907년부터 현재까지 우승한 차들과 트로피, 메달 등이 수도 없이 전시

인디애나폴리스 스피드웨이에 있는 홀 오브 페임.

되어 있었다. 그중에서도 나는 시대에 따라 경주용 자동차가 변해온 모습에 흥미를 느꼈다. 우리가 타고 있는 자동차의 각종 안전장치와 성능은 자동차 경주를 통해서 검증되고 발전한다고 한다. 현재 자동차에 적용되는 ABS Anti-lock Brake System나 ESP Electronic Stability Program 같은 능동형 안전장치는 1980년대 후반 경주용 자동차를 제작하면서 고안된 것이다.

홀 오브 페임에서는 직접 경주용 차에 앉아서 사진을 찍을 수도 있는데 어린이들에게 특히 인기가 많다. 재미있는 것은 경주용 자동차라고 하면 대단히 복잡하고 멋있을 거란 생각을 했는데 실제로 보니 무척 단순했고 실내장식이 없어서 초라한 느낌마저 들었다. 하긴 숨 가쁜 레이스를 펼치면서 오디오를 들을 것도 아니고 안 그래도 손에 땀이 날 텐데 핸들에 열선을 설치할 리도 만무하다. 그저 빠르게 잘 달리고 정교한 핸들링이 되고 잘 서주기만 하면 되니까 멋을 부릴 이유가 없는 것이다. 경주용 자동차의 운전석에 앉으면 그냥 딱, 기계 앞에 앉아 있는 느낌, 그 이상도 이하도 아니다.

인디애나폴리스 교통박물관

스피드웨이 말고도 인디애나폴리스에는 '교통박물관Transportation Museum'이 있는데, 지구상에 있는 모든 교통수단은 있는 대로 다 모아놓은 곳이다. 이제 도로에서는 볼 수 없는 앤틱 자동차와 증기기관차 그리고 제트기까지 전시되어 있다. 그중에서도 내 눈길을 사로잡은 것은 앤틱 자동차들이었다.

영화에서나 볼 수 있는 오래된 자동차들, 그중에는 나무로 바퀴를 만든 것도 있고 온갖 장식으로 꾸민 호화로운 자동차도 있었다. 놀라운 것은 이 고급스러운 앤틱 자동차들이 아직도 유효한 번호판을 부착하고 있어 도로를 달려도 아무 문제가 없다는 사실이다. 그리고 더욱 놀라운 것은 이곳에 전시된 대부분의 앤틱 자동차들이 박물관 소유가 아니라 주인이 따로 있는 경우가 많다는 것인데, 소유주들은 자신이 아끼고 아끼다가 나이가 들어 더 관리하기가 어려워지면 자동차를 이 박물관에 기증하거나 무상 임대를 하는 경우가 많다고 한다.

어떤 앤틱 자동차는 주인이 30년 동안 부품을 모아서 조립을 한, 말 그대로 평생을 바쳐서 완성시킨 경우도 있었다. 그렇게 오래 걸린 이유는 원래 자동차가 생산되던 당대의 순정 부품을 구하기가 너무나 어려웠기 때문이라고 한다. 이미 생산을 하지 않은 지 수십 년이 지난 자동차의 부품을 구하기 위해서는 같은 모델의 자동차에서 부품을 뜯어와야 하는데 같은 모델의 자동차조차 너무나 희귀하기 때문에 앤틱 자동차를 조립해서 완성하는 일은 쉽지 않은 도전이라는 것이다. 부품을 조달해 완성한다 해도 유지·관리하는 문제가 남는다. 어쨌든 앤틱 자동차를 조립하고 관리하는 것은 웬만한 정성과 경제적인 여유가 없으면 불가능한 일이다. 하지만 이렇게 애착을 가지고 평생을 공들여 만든 자동차라 하더라도 스스로 유지할 수 없는 상황이 되면 많은 사람들에게 즐거움을 주고, 자신의 분신 같은 자동차가 제대로 대접 받기를 바라는 마음에서 자동차 주인들이 차를 박물관에 기증한다고 한다. 그래서인지 어떤 노인은 가격만 해도 200만 달러가 넘는 희귀한 앤틱 자동차를 직접 이곳까지 몰고 와서 기증했다고 한다. 머리가 희끗한 자원봉사자 할아버지의 말씀에 의하면 이곳에 전시된 거의 모든 앤틱 자동차들이 이와 비슷한 사연을 가지고 있다.

인디애나폴리스 스피드웨이(왼쪽).
인디애나폴리스 스피드웨이 경주 트랙에서(오른쪽).

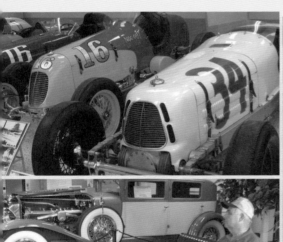

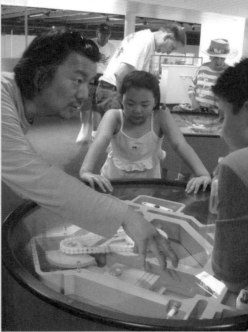

인디애나폴리스 스피드웨이의 홀 오브 페임에 전시되어 있는 역대 우승 자동차들(왼쪽 위).
교통박물관에 전시된 앤틱 자동차와 자원봉사 할아버지(왼쪽 아래).
자동차의 구동 원리를 설명해주는 아빠(오른쪽).

인디애나폴리스 교통박물관은 1층과 2층으로 나뉘어 있는데 1층 전시실에는 다양한 자동차들을 전시하고 있고 2층 전시실에서는 자동차의 구동 원리를 일목요연하게 설명해주는 다양한 부품들을 전시하고 있다. 그중에서 가장 흥미로웠던 것은 엔진 모형을 통해 연료가 자동차 엔진에서 연소되는 방식과 이것이 다시 물리적 에너지로 바뀌는 과정을 보여주는 모형이었다. 즉 엔진 속 실린더 피스톤의 움직임에 따라 연료가 연소되는 과정을 자세히 볼 수 있었는데, 자동차의 연료는 '흡입-압축-팽창(폭발)-배기'의 4단계를 거쳐서 운동에너지로 바뀐다는 아빠의 설명을 들으니 우리가 타고 다니는 자동차가 어떤 메커니즘을 통해 움직이는지를 쉽게 이해할 수 있었다.

7장 거대 잠수함은
어떻게 시카고까지 왔을까
Chicago

시카고Chicago는 뉴욕이나 LA와는 확실히 다른 느낌을 주는 도시다. 우선 길을 걸어 다니는 사람들이 다르다. 시카고에는 관광 온 사람이나 외국에서 이주해 온 사람보다는, 시카고에서 오랫동안 쭉 살아왔던 사람들이 계속 살고 있는 것 같은 느낌이 들었다. 내가 살고 있는 실리콘밸리 지역만 하더라도 IT 산업에 고용된 인도 사람들과 중국 사람들이 백인 인구보다 더 많다는 느낌을 주고, 뉴욕 맨해튼의 경우에는 관광객만 걸어 다닌다는 말이 있을 정도로 다양한 인종을 만나게 되지만 시카고는 그렇지 않았다. 시카고를 제일 미국다운 도시라고 부르는 이유에는 이 밖에도 한 가지가 더 있다. 바로 인종의 구성 비율이 미국 평균과 거의 같다는 것이다. 시카고의 인구 구성비는 백인이 월등히 많고 흑인

존 행콕 타워에서 바라본 시카고 시내 전경.

과 히스패닉 순으로 비율이 떨어진다. 미국인들은 시카고에 있으면 심리적 안정을 느낄 수 있다고 하는데, 아마도 이러한 인구 구성비가 한몫을 하는 것은 아닐까.

시카고 과학·산업박물관

시카고에서 가장 큰 볼거리는 고가철도인 엘리베이티드 트레인이 루프 모양으로 주변을 돌고 있는 루프 지역The Loop 안에 다 모여 있다. 시카고의 도심인 이 루프 지역 안에는 뉴욕에 버금가는 스카이라인을 자랑하는 마천루들이 다 모여 있으며, 우리가 방문한 시카고 과학·산업박물관Chicago Museum of Science and Industry 또한 이곳에 위치해 있다. 이곳의 마천루 중에서는 단연 존 행콕John Hancock 센터가 으뜸이다. 존 행콕은 미국 독립선언서에 자신의 이름을 가장 크고 진하게 서명했던 위인인데 그의 이름을 딴 존 행콕 센터 역시 시카고의 랜드마크가 될 정도로 웅장하다. 344미터로 미국에서 6번째로 높은 빌딩인 이곳은 95층에 위치한 시그니처 룸과 라운지에서 뷔페를 먹으면서 시카고 시내를 한눈에 내려다볼 수 있어서 인기가 많다. 우리가 방문했을 때는 뷔페 비용이 어른은 18달러, 12살 이하 어린이는 11달러였는데 95층에서 내려다보는 전망을 즐길 수 있는 뷔페라는 점을 감안하면 그리 비싼 가격은 아닌 것 같다.

시카고 과학·산업박물관은 하루 동안에 다 관람하기 힘들 정도로 규모가 크고 내용이 방대하다. 이 박물관에서 가장 특별한 전시물은 U-505 잠수함으로 2차대전 당시 독일이 만든 유보트U-boat 가운데 하나이다. 유보트는 독일어로 'Unterseeboot', 즉 '바다 밑의 선박'이라는 뜻으로 잠수함을 일컫는다. 2차대전 당시 독일의 유보트는 연합군에게 공포의 대상이었는데 1942년 유보트가 출항하기 시작한 해에만 무려 1,150척의 연합군 선박이 유보트에 의해 침몰당했다. 그 결과 연합군은 780만 톤의 군수물자가 바닷속에 수장되는 피해를 입었다고 한다.

그런데 시카고 출신의 대니얼 갤러리Daniel Gallery 선장이 위험을 무릅쓰고 독일의 유보트 나포에 성공하는데 그때 나포한 유보트가 U-505이다. U-505 나포를 계기로 독일의 잠수함 기술과 정보가 밝혀졌고 이를 토대로 연합군 선박의 전멸을 막을 수 있었다고 한다. U-505의 나포는 독일이 연합군에 항복할 때까지 극비리에 부쳐졌다.

U-505는 지하에 전시되어 있는데, 도대체 이 큰 잠수함을 어떻게 이곳으로 옮겨왔는지가 궁금해졌다. 잠수함 바로 옆에 있는 자료 화면에서는 U-505를 운반해서 전시하기까지의 과정이 나오는데 나는 이 대형 프로젝트에 입을 다물지 못했다. 우선 바다에 정박해 있는 잠수함을 시카고까지 운반하는 일이 만만치 않았다. 미국 동북부의 포츠머스 항에서 출발해 캐나다의 세인트로렌스 강을 따라 거슬러 올라온 U-505는 미국의 5대호 중 온타리오 호, 이리 호, 휴런 호를 지나 미시간 호를 건너 시카고에 도착했다. 당시 U-505의 운반에 든 비용이 25만 달러였는데 이 돈은 시카고 시민들이 모금했다고 한다. 그 결과 시카고 과학·산업박물관은 세계에서 유일하게 실전에 배치됐던 독일 잠수함을 전시하게 된 것이다. 하지만 U-505가 시카고에 도착한 것으로 모든 일이 끝난게 아니었다. 이 거대한 잠수함을 박물관에 집어넣는 일이 또 문제였다. 그런데 그 문제는 발상의 전환으로 간단하게 해결됐다.

우선 박물관을 지을 터에 깊게 땅을 파고 지하실 공간을 만든 다음, 이 U-505 잠수함을 통째로 운반해 와서 위치를 잡고 그 위에 박물관 건물을 지은 것이다. 그러니 이제 이 잠수함을 옮기려면 박물관 건물을 해체해야 한다. 결국 U-505 잠수함은 시카고 과학·산업박물관과 운명을 같이한다고 봐야 할 것이다. 이 거대한 잠수함 옆에는 시뮬레이션으로 잠수함을 운전할 수 있는 시설이 있는데 직접 잠수함을 몰아보는 체험을 할 수도 있다.

미국의 대도시마다 과학박물관들이 있지만 시카고 과학·산업박물관은 내가 가본 과학박물관 중에서 스케일이 가장 큰 박물관이었다. 방금 소개한 잠수함 외에도 비행기와 열차 등 이 세상에 존재하는 모든 탈것들이 전시되어 있는데 실제 보잉 여객기의 객실과 열차의 객차를 그대로 옮겨 놓기도 했다. 비행기에도 올라타보고 기차에도 올라타면서 즐겁게 시간을 보낼 수 있어서 어린아이들에게 꽤 인기가 있다.

하지만 시카고 과학·산업박물관만의 특별한 전시물은 농업용 트랙터다. 시카고는 미국 중서부의 주요 산업인 목축업과 삼림, 곡물 산업의 거래를 통해 성장한 도시답게 박물관에 대형 농업용 기계들을 많이 전시하고 있었다. 어른 키가 훌쩍 넘는 트랙터에서부터 탈곡기까지 상당히 다양한 농기계들이 전시되어 있었고 어떤 것들은 직접 타볼 수도 있다.

이렇게 훌륭한 과학박물관이 있는 시카고도, 오늘날 미국 산업의 전반적인 침체로 인해 활기를 잃은 듯했다. 1800년대부터 미국 공업의 중심지이자 금주법 시대 알 카포네가 이끌던 갱들의 도시 시카고는 이제 조금은 쓸쓸해진 모습이다. 하지만 도심의 멋진 빌딩들의 위용에서 아직

시카고의 마리나시티 빌딩(왼쪽)의 아슬아슬하게 주차된 차들(오른쪽).

시카고의 건재를 확인할 수 있었다.

　사실 시카고는 미국 건축의 도시라고 불릴 만큼 다양한 빌딩들로 유명하다. 그중 하나가 바로 1964년에 준공된 마리나시티인데 건물이 옥수수 모양이라서 옥수수 빌딩으로도 불린다. 이 빌딩은 지상 18층까지는 주차장이고 지상 19층부터는 아파트인 주상복합 건물로 빌딩의 맨 아래에는 시카고 강으로 연결된 보트 선착장이 있다. 그런데 사진을 보면 알 수 있겠지만 주차된 차량이 매우 아슬아슬하게 주차되어 있어 주차하다가 차가 건물 밖으로 떨어지는 것은 아닌지 걱정될 정도로 위험해 보인다. 그래서인지 할리우드 영화나 광고를 보면 이 마리나시티 주차장에서 자동차가 빌딩 아래 시카고 강으로 추락하는 장면이 많이 나온다고 한다.

시카고 슬럼가의 흑인들

해마다 가을이면 세계적 규모의 식품박람회가 열리는 시카고는 맛있는 음식점도 많은 도시다. 우리는 부모님이 즐겨 보시는 음식 채널의 '다이너스, 드라이브인스 앤드 다이브스Diners, Drive-ins and Dives'에 소개된 정말 맛있는 피자집을 찾아가는 도중에 시카고 남부의 슬럼가를 지나게 되었는데, 정말 오싹한 경험을 했다. 길거리엔 험악하게 생긴 흑인들이 폐드럼통에 장작불을 붙여놓고 삼삼오오 모여 있었는데 우리 차가 신호에 걸릴 때마다 우리를 향해 뭐라고 떠들어대는 것이었다. 근처에 상점들은 철창이 쳐져 있었고 어떤 곳은 유리창이 깨져 있는가 하면 아예 폐허가 된 건물들도 여러 채 보였다. 평소에 별로 긴장하지 않으시던 아빠도 우리에게 창밖을 내다보지 말고, 가급적이면 자세를 낮추라고 말씀하실 정도였다. 아빠 몰래 창밖을 훔쳐보니 정말 백인이라곤 한명도 보이지 않고 길가엔 온통 흑인들뿐이었다.

이 위협적인 상황과는 별개로 나는 왜 흑인들만 사는 동네는 위험한 건지 생각해봤다. 피부색만 다르지 똑같은 사람인데 누구는 위험하고 누구는 안전하다고 생각하는 것은 잘못된 선입견이라는 생각이 들었다. 하지만 이 날은 생각과 실제는 상당한 차이가 있음을 느끼게 된 날이다. 우리가 차를 타고 지나가면서 으스스한 동네 분위기를 직접 피부로 느끼니 생각이 더 복잡해진 것이다. 길가엔 유리가 깨졌거나 사이드미러가 떨어져 나간 자동차들이 주차되어 있었는데 마치 암흑가 영화의 한 장면 같은 풍경이었다. 거리에 나와 있는 흑인들은 하나같이 가난해 보였다. 나는 흑인이 위험한 건지 가난한 이 거리가 위험한 건지 아니면 둘 다 위험한 건지 혹은 다행스럽게도 둘 다 위험하지 않은 것인지 궁금해졌다. 그리고 지금 지나가는 동네에 왜 백인은 하나도 안 보이는지도 의문이었다.

내가 존경하는 터먼 중학교의 욘트 선생님은 흑인이지만 매사에 적극적이고 학생들을 매우 사랑하시는 분이다. 현재 미국 대통령인 오바마도 흑인이 아닌가? 그런데 이곳에 있는 흑인들은 미래가 없어 보였다. 이 흑인들을 나쁘게 만드는 것은 그들이 살고 있는 환경이 아닐까. 가난하다면, 당연히 삶의 질도 낮아지는 법이고 악조건 속에서 살아남으려면 예의나 도덕을 생각할 겨를이 없을지도 모른다. 물론 환경이 나쁘다고 해서 인간성 자체가 나빠지는 것은 아니다. 하지만 그 길거리에 있던 흑인들은 인생이 불공평하다고 생각해서 자연스럽게 세상을 원망하고 삶을 포기한 것 같은 모습이었다.

나의 이런 궁금증에도 불구하고 아빠는 다급한 목소리로 엄마에게 계속 말씀을 하신다.

"피자고 뭐고 일단 이 길을 빠져 나가야겠는데……."

"그러게요, 좀 알아보고 올 걸 그랬잖아요."

엄마의 원망 섞인 대답에 아빠가 변명을 시작했다.

"초행이라서 그래. 정보가 전혀 없이 내비게이션에 나오는 대로 따라오다 보니까……."

그런데 사방팔방이 비슷한 상황의 길이었다. 아빠는 자동차 내비게이션에 나와 있는 큰길을 가리켰다.

"저기까지만 가보자. 거기는 큰길이니까 괜찮을 거야."

어떻게 빠져나왔는지 간신히 큰길까지 나오자 다행히 바로 눈앞에 경찰차가 있었고 아빠와 엄마는 크게 안도의 한숨을 내쉬었다. 그런데 바로 그곳에 우리가 가고자 하는 피자집이 있었다. 아빠와 엄마는 차에서 내리기 전에 한참을 상의하셨다.

"이 피자집에 들어갔는데, 온통 무서운 흑인들만 있으면 큰일 아냐?"

"여기까지 왔는데, 정 들어가서 먹기가 그렇다면, 투고to go 해서 먹지, 내가 다녀올게."

엄마의 걱정스러운 태도에 아빠가 희생정

미국 음식 채널에서 소개된 피자. 찾아가는 길은 험난했지만 잊지 못할 감동의 맛이었다.

신을 발휘했다. 아빠가 차에서 내려서 피자집에 들어가고 한 30초쯤 지났을까, 웃으며 차로 돌아온 아빠가 우리보고 내려서 같이 들어가자고 하셨다. 피자집에 들어서면서 나는 내 눈을 의심하지 않을 수 없었다. 가게 안에는 지금까지 이곳에 오면서 눈을 씻고 찾아봐도 볼 수 없었던 백인들만 있는 것이 아닌가. 서빙을 하는 직원도, 홀에서 피자를 먹는 사람들도, 주방에서 일하는 사람들까지 모두 백인들이었다.

시카고에 오기 전에 들렀던 세인트루이스의 스위트 파이즈에는 흑인들만 있었는데, 이곳에는 백인들만 있다니, 얼마나 이상한 일인가? 현재 미국 대통령인 오바마의 정치적 고향이 시카고라고 하는데, 이렇게 서로가 거리를 두고 철저히 자신들만의 세계에서 살면서 어떻게 인종간 화합을 말할 수 있는지 궁금하기도 했다. 시카고에서의 경험은 미국이라는 나라에 대해 많은 생각을 하게 했다.

8장 뉴욕, 박물관의 도시
New York

경제적으로 윤택한 곳에서 문화가 꽃핀다고 한다. 과거 로마가 그랬고, 절대왕정 시대의 프랑스가 그랬고, 지금은 미국, 그중에서도 뉴욕이 그렇다. 박물관은 문화가 응축되어 있는 곳이다. 이것이 뉴욕에 박물관이 많은 이유 가운데 하나가 아닐까. 우리 가족은 우선 아빠가 가보고 싶어 한 '페일리 미디어 센터Paley Center for Media'를 방문했다. 이곳은 원래 라디오·텔레비전 박물관Museum of Radio and Television이었는데, 이 박물관의 건립에 큰 공헌을 한 미국 CBS의 창업자 윌리엄 페일리William S. Paley를 기려서 몇 년 전에 '페일리 미디어 센터'로 이름을 바꾸었다.

아빠는 박물관에 도착하자 뜬금없는 질문을 던지셨다.

"재평아, 미국 16대 대통령 링컨이 암살당했을 때, 그 당시 서부에 살던 미국인이 링컨의 암살 소식을 얼마 만에 접했는지 아니?"

링컨이 극장에서 암살을 당했다는 것은 알고 있었지만 그 소식이 동부에서 서부로 전해지는 데 걸리는 시간에 대해선 생각해본 적이 없는 나는 선뜻 대답을 못하고 머뭇거리고 있었다. 아빠가 다시 질문을 던졌다.

"그 당시 라디오나 텔레비전이 있었니?"

그러고 보니 오늘날 우리가 당연하게 여기는 많은 것들이 옛날에는 상상조차 하지 못하던 것들이라는 생각이 들었다.

"당시 동부에서 발생한 링컨 대통령 암살 사건이 서부 해안까지 전달되는 데 무려 일주일의 시간이 걸렸단다. 당시엔 전화도 없었고, 물론 라디오나 텔레비전도 없던 시절이라서 모든 소식은 사람이 직접 전달해야 했지. 그러니 아무리 중요한 사건이라도 그 소식을 알리는 데에는 시간이 오래 걸릴 수밖에 없었단다."

아빠가 해주신 이야기를 듣고 페일리 미디어 센터를 보니 미디어에 대한 많은 것들, 예를 들어 미디어가 정보를 전달하고 역사를 기록하고 소통을 통해 국민의 단합을 이뤄내고 성숙한 시민으로 성장할 수 있게 교육하는 등의 기능을 한다는 것을 이해하게 됐다.

아폴로 11호 우주선이 달을 향해 올라갈 때, 전 세계는 동시에 이 뉴스를 알게 됐다. 텔레비전과 라디오가 있는 곳에선 누구나 이 역사적인 사건을 거의 실시간으로 접했을 것이다. 페일리 미디어 센터 1층 전시실은 아폴로 11호의 역사적 달 착륙과 관련한 영상과 기사를 빼곡히 전시하고 있었다. 특히 닐 암스트롱과 휴스턴 우주 센터의 교신이 반복해서 재생되고 있었다. "여기는 휴스턴……"으로 시작되는 그 유명한 교신 내용을 직접 들으니 아, 내가 정말 미국에 와 있구나 하는 실감이 들었다. 또한 이곳에서는 미디어 센터다운 발 빠른 전시가 눈에 띄었는데, 바로 마이클 잭슨 일대기에 대한 전시였다. 내가 이곳을 방문했을 때는 마이클 잭슨이 사망한 지 며칠이 지나지 않은 때였다. 마이클 잭슨의 사망 소식도 전 세계에 실시간으로 전해졌다. 마이클 잭슨에 대한 영상과 기사들을 모은 전시를 보면서 나는 텔레비전을 비롯한 미디어가 정보 전달은 물론 역사를 기록하는 기능도 수행하고 있음을 알 수 있었다.

모마, 뉴욕이 품은 보석

만약에 누군가 빡빡한 일정 때문에 뉴욕에서 단 한 곳의 박물관만 볼 수 있는데 어딜 가면 좋은지 물어온다면, 나는 주저 없이 뉴욕 현대미술관Museum of Modern Arts, 일명 모마MoMA를 선택하라고 조언해줄 것

패일리 미디어 센터 입구.

모마에 전시된 앙리 마티스의 그림 앞에서 포즈를 취한 아빠.

이다. 19세기와 20세기의 예술 작품을 전시한 모마는 뉴욕이 품고 있는 보석 중의 보석이다. 20세기 초에 실업가 부인들이 주축이 되어 뉴욕 중심가에 자신들이 소장하던 미술품을 전시하기 위한 장소로 미술관을 개관한 것이 그 출발이다. 경제적으로 윤택한 곳에서 예술이 꽃핀다는 말과 잘 맞아 떨어지는 곳이 바로 이 모마라고 할 수 있을 것이다. 실업가 부인 중 한 명이 우리가 잘 아는 록펠러 2세의 부인인 것을 봐도 역시 예술은 돈이 있는 쪽으로 흘러가는 것 같다.

그런데 재미있는 것은 당시엔 혁신적이라고 느꼈던 모던한 작품들이 이제는 클래식한 작품이 돼버렸다는 점이다. 물론 작품의 가격 또한 상상을 초월하게 올랐다. 모마의 가장 큰 매력은 전시된 작품 앞에서 강한 플래시를 터트리지 않는 조건으로 자유롭게 사진 촬영이 허용된다는 점이다. 작품을 바로 코앞에서 감상할 수도 있고 사진을 찍을 수도 있으니 정말 부자가 된 느낌이었다. 언젠가 우리나라에서 밀레의 〈만종〉이 전시된 적이 있는데 작품을 보호하기 위해서 주변에 울타리를 쳐놓은 것도 모자라 유리 액자 안에 넣어놔서 제대로 감상하지 못했던 경험과 비교하면 모마에서의 경험은 특별하게 느껴졌다. 수백억 원을 호가하는 그림을 바로 눈앞에서 자유롭게 사진 찍을 수 있는 호사스러움을 느끼고 싶은 분들은 꼭 모마를 방문하시길 권한다. 그리고 입구에 우리말 오디오 가이드를 무료로 대여해주고 있으니 꼭 이용하기를 권한다.

9장 워싱턴에서
스미소니언을 점령하다
Washington D.C.

워싱턴Washington D.C.에는 스미소니언 연구소Smithonian Institute가 운영하는 17개의 박물관이 있다. 스미소니언 연구소는 제임스 스미슨James Smithson을 기려 만들어진 곳이다. 제임스 스미슨은 18세기 과학자로 사망할 당시 자신의 모든 유산을 국가에 기증하며 사람들이 지식을 쌓고 융합시킬 연구소를 지으라는 유언을 남겼다. 그의 사후 국립 연구소를 지을지 말지 많은 논쟁이 일어났지만 결국은 그의 뜻대로 스미소니언 연구소가 세워졌으며 이 연구소는 결과적으로 미국의 위상을 높이는 데 크게 이바지하고 있다.

17개의 박물관은 모두 기본 3층으로 이루어진 대형 건물로, 박물관 하나를 제대로 보려면 적어도 반나절 이상의 시간이 필요하다. 흔히 말하는 '스미소니언 박물관'은 워싱턴 D.C.에 있는 스미소니언 연구소가 운영하는 17개의 박물관들을 총칭하는 말이다. 스미소니언 박물관은 모두 무료 관람을 할 수 있는데, 미국에 있는 거의 모든 박물관이 시설이 좋든 나쁘든 꽤 비싼 입장료를 받는 것을 생각하면 이곳은 나같이 박물관 견학을 취미로 가진 학생에겐 천국이나 다름없다.

운이 좋게도 우리가 워싱턴 D.C.에 도착한 날이 영화 〈박물관은 살아 있다 2〉를 개봉한 날이었는데, 개봉 기념으로 스미소니언 아이맥스 영화관에서 상영하는 이 영화를 관람할 수 있었다. 이 영화의 배경이 스미소니언 박물관인 만큼 그날 우리 가족이 스미소니언 박물관에서 이 영화를 본 일은 특별한 추억이 됐다. 영화를 보고 영화에 나온 장소들을 찾아다니는 재미 또한 쏠쏠했다. 스미소니언의 17개 박물관 중 우리는 하루 동안 미국역사박물관National Museum of American History, 성Castle(성처럼 생긴 박물관으로 여러 종류의 전시품을 한곳에 모아 놓았는데 규모는 작은 편이다), 자연사박물관National Museum of Natural History 그리고 항공우주박물관National Museum of Air and Space을 관람했다. 하루에 박물관 세 곳을 보는 것도 힘든 일인데 박물관 네 곳과 영화까지 관람했으니 우리 가족의 체력은 정말 대단하다.

안내센터에서 지도를 들고 관람 계획을 세우는 중이다.

스미소니언 박물관 중에서도 가장

미국역사박물관 앞에서.

흥미로웠던 곳은 역사박물관으로 여기에는 원시 시대부터 미국의 산업
화 시대까지 각 시대별로 전시를 하는 여러 개의 홀이 있었다. 포유동
물이나 공룡, 빙하 시대 전시관에는 사방에 화석과 뼈가 전시되어 있었
고, 바다 전시관에 가면 바다 생물들을 박제해놓은 것을 볼 수 있었다.

　항공우주박물관에서는 비행기를 천장에 매달아 전시하고 있었다.
박물관 영사실에서는 최초의 여성 비행사 아멜리아 에어하트Amelia
Earheart가 대서양을 횡단하고 세계 일주를 계획했다 행방불명이 된 이
야기를 담은 다큐멘터리를 상영하고 있었는데 이를 통해 비행과 관련
한 역사적인 사실들을 배울 수 있었다. 스미소니언 성은 스미소니언

박물관들 중 가장 오래된 건물로 17개의 스미소니언 박물관들에 전시되어 있는 물품들을 조금씩 모아놓은 곳이다. 이곳에 있는 전시품 대부분이 골동품이어서 골동품을 좋아하는 엄마에겐 또 다른 즐거움을 선사했다.

독립선언서의 실수

둘째 날, 우리는 링컨 기념관Lincoln Memorial과 국립문서보관소 National Archives를 보기로 했다. 국립문서보관소는 미국 역사에서 중요한 문서들을 보관한 곳으로 영화 〈내셔널 트레저〉에서 주인공인 니컬러스 케이지가 '독립선언서Declaration of Independence'를 훔쳐서 나오던 곳이다. 이곳에는 미국이 가장 중요하게 여기는 세 개의 문서가 있는데, 바로 '독립선언서', '헌법Constitution' 그리고 '권리장전Bill of Right'이 그것들이다. 이 문서들은 섭씨 20.5도를 유지하는 헬륨이 가득한 상자 안에 잘 보관되어 있었다. 잉크가 날아가지 않게 하기 위해서인지 전시장 안은 꽤 어두웠다. 이러한 조치를 취했음에도 원본의 필체들이 많이 흐릿해져 있었다.

"아마도 세월의 흐름 속에 어쩔 수 없이 빛이 바래는 모양이다. 그리고 문서의 빛이 바래듯이 미국의 건국 이념도 점차 그 색이 바래는 것은 아닐까?"

아빠는 안타까운 표정으로 말을 이으셨다.

"자유, 평등, 박애로 대표되는 프랑스혁명 정신은 미국에서 민주주의라는 정치 형태로 꽃을 피웠고 미국은 1차대전과 2차대전에서 보여주었듯이 자유와 민주의 최후 보루로서 세계 평화에 크게 기여했지. 하지만 오늘날 미국은 과거와 같은 역할을 하고 있지 않을뿐더러 오히려 불안을 조장하는 것처럼 보인단다."

나는 〈내셔널 트레저〉 같은 할리우드 영화를 보면서 느꼈던, 미국이 제일 좋은 나라라는 생각과 현실 속의 미국은 다를 수도 있겠다는 생각을 하게 됐다.

하지만 미국은 장점이 많은 나라이기도 하다. 내가 미국 박물관들을 견학하면서 느낀 점은 어느 박물관을 가도 의욕적으로 일을 하는 자원봉사자가 넘쳐난다는 것이다. 국립문서보관소에는 모든 자료를 열람할 수 있는 도서관이 하나 있는데 이곳에 들어서자마자 대학생 자원봉사자 한 명이 "어디서 왔느냐?", "어떤 자료에 관심이 있느냐?"며 친절하게 물어왔다. 마침 나는 〈내셔널 트레저〉에 나오는 '독립선언서'를 이

미국국립문서보관소.

미 전시실에서 보고 나왔기 때문에 "독립선언서에 관심이 있었는데 벌써 보고 왔다"고 말하자, "너, 이 사실은 아마 모를걸?" 하면서 재미있는 사실 몇 가지를 알려주었다.

우선 '독립선언서'에는 British(대영제국의 철자)를 Brittish로 적었고 Pennsylvania를 Pensylvania로 적었다. 또한 "We hold these truths to be self-evident, that all men are created equal, that they are endowed by their Creator with certain unalienable Rights, that among these are Life, Liberty and the pursuit of Happiness(우리는 이 모든 사실이 자명하다고 생각한다, 모든 사람은 평등하게 창조되었다는 것, 빼앗을 수 없는 권리를 창조자로부터 부여 받았다는 것, 그리고 삶, 자유, 행복을 추구하는 것이 이 권리 중 하나라는 것을)"에서 inalienable이 맞는 표현인데 독립선언서에는 unalience라고 적었다고 한다. 그리고 Neighbor-hood가 미국식 철자인데 영국식 철자인 Neighbourhood를 썼다고 하면서 그 당시 '독립선언서'를 작성한 대단한 위인들도 철자를 틀리게 썼다는 사실을 알려주었다.

대단한 위인들조차도 철자를 틀리는 것을 보면서 나는 이상한 안도감이 들었다. 역사적인 문서로 그 어느 문서보다도 권위 있어야 할 미국 '독립선언서'에조차 실수가 있는 것을 보며 제아무리 가치 있는 것이라도 모두 다 완벽할 수는 없지 하는 생각을 하였고, 이러한 생각은 내가 영어 공부를 하는 데 큰 도움을 주었다. 누구나 완벽하게 시험 공부를 끝내고 싶고 완벽하게 작문을 하고 싶고 완벽하게 논문을 쓰고 싶어 한다. 하지만 막상 지나고 나면 아쉬운 부분들이 보이기 마련이다. 중요한 것은 완벽을 추구하려는 정신일 것이다. 독립선언서를 작성한 위인들도 완벽한 문장을 작성했다고 믿었지만 오자가 있었던 것처럼 말이다. 하지만 어느 누구도 그 오자 때문에 독립선언서의 가치가 떨어졌다고 말하지 않는다. 이는 몇 개의 철자 오류가 미국 독립정신을 훼손시킬수 없는 것과 같은 이치다.

'독립선언서'와 관련한 재미있는 일화가 한 가지 더 있다. 1989년에 어떤 사람이 벼룩시장에서 4달러에 그림을 한 점 샀는데 액자와 그림 사이에 '독립선언서'의 복사본이 끼어 있었다고 한다. 그런데 이 복사본이 독립선언서가 쓰일 당시에 만들어진 200장의 공식적인 복사본 중 하나였다는 것이다. 현재 25장만 남아 있는 이 공식 복사본은 814만 달러에 팔렸다고 한다.

미국국립예술박물관에서
백남준을 만나다

미국국립문서보관소를 보고 나온 나는 지도를 보고 간첩박물관Spy Museum이라는 곳을 찾아 갔다. 12세 이상이 17달러, 12세 이하가 8달러였는데, 이름만 그럴듯하고 규모는 작은 박물관이었다. 고민이 됐다. 간첩박물관이라는 상당히 끌리는 이름의 박물관을 보고 갈 것이냐 아니면 그 돈을 아껴 다른 박물관을 볼 것이냐…… 이러한 고민은 박물관 입구부터 출구까지 온갖 기념품을 쌓아놓고 판매에 열을 올리는 모습을 보면서 깨끗이 해결됐다. 그동안 내가 봐왔던 그런 종류의 박물관이 아니라, 돈벌이에 급급한 상점 같다는 느낌을 받았기 때문이다.

우리는 간첩박물관 맞은편에 있는 또 다른 스미소니언 박물관인 미국국립예술박물관National American Art Museum으로 들어갔다. 이곳 역시 다른 스미소니언 박물관과 마찬가지로 입장료가 무료다. 크기는 간첩박물관의 열 배는 되어 보이는데 이곳은 무료고, 저곳은 바가지요금을 받는다. 미국은 알다가도 모를 나라인 것 같다. 박물관 안에 들어갔더니 가이드가 배낭은 앞으로 메고 다녀야 한다고 주의를 준다. 아마도 등에 메고 다니다 잘못해서 작품을 훼손할까 봐 걱정이 돼서 미연에 사고를 방지하기 위한 조치인 것 같다.

이 박물관에는 카드로 만들어진 탑과 병뚜껑으로 만든 조각 작품, 컴퓨터 부품으로 만든 작품까지 신기한 미술 작품들이 많이 전시되어 있었다. 하지만 무엇보다도 내 시선을 사로잡은 것은 고 백남준 선생님의 작품이었다. 88서울올림픽을 모티브로 만든 작품이라고 아빠가 설명해주셨는데 200여 개의 모니터를 모아 퍼즐을 맞추듯이 각각의 모니터 화면을 조정해서 더 넓은 그림을 보여주는 작품이었다. 모니터에는 올림

픽에 출전한 각 나라의 국기와 그 나
라 고유 의상이나 행사들이 소개되
고 있었는데, 전 세계가 이 작품 속
에 하나로 녹아 있는 느낌이었다. 작
품 앞에 친절하게 놓여 있는 벤치에
서 아무 생각 없이 편안하게 작품을
감상하고 있는데 아빠가 갑자기 내
게 질문을 하셨다.

미국국립예술박물관에 전시된 백남준 선생님의 작
품. 사진을 찍을 때는 태권도를 하는 동작이 모니터
에 나오고 있었다.

　"재평아, 여기가 미국국립예술박물관이 맞지?"

　"네."

　"그런데, 왜 백남준 선생의 작품이 여기에 전시되어 있을까?"

　"……."

　아빠는 그 이유로 두 가지를 말씀해주셨다. 첫째 백남준 선생은 한국
인이지만 그분이 전 세계적으로 인정받는 예술 활동을 했기 때문에 그
분에게 국적은 의미가 없을 수 있다(물론 백남준 선생님 스스로는 한국에 대
한 강한 애착을 가지셨지만)는 것이고, 미국이 백남준 선생을 자기 나라의
보물로 여기기 때문에(백남준 선생의 국적은 미국이다) 그분의 작품이 이 박
물관에 전시되어 있다는 말씀이셨다. 더불어 예술 작품이나 예술가의
경우 그 가치를 아끼고 보존하려는 노력을 많이 하는 나라가 그 문화를
즐길 수 있는 권리가 있다는 말씀도 해주셨다. 아빠는 88올림픽을 테마

로 한 백남준 선생의 작품이 미국국립예술박물관에 전시된 것에 대해서는 많이 아쉬워하셨다. 하지만 한편으로는 미국의 수도에 한국 예술가의 작품이 전시되어 있는 것 자체에 긍지를 느낀다고도 하셨다.

백남준 선생이 전 세계적으로 한류 열풍이 불고 있는 오늘날 예술 활동을 하셨다면 어땠을까? 훨씬 더 쉽게 사람들에게 인정을 받지 않았을까? 88올림픽 당시에는 미국이나 유럽 사람들이 한국이 어디에 있는 나라인지조차 알지 못하는 경우가 많았다고 하니 그 당시 외롭게 작품 활동을 했을 백남준 선생의 어려움을 짐작할 수 있을 것 같다. 이제 세계 문화의 중심에 당당히 선 우리나라에서 세계적으로 존경받는 예술가들이 더 많이 나오기를 기대해본다.

워싱턴 D.C.는 미합중국의 수도답게 격식을 갖춘 도시였다. 보편적인 미국인이 보여주는 자유롭고 탈권위적인 모습과는 다른 워싱턴 D.C.만의 딱딱하고 조금은 위압적인 느낌은 아마도 230년이라는 짧은 역사 속에 많은 것을 이뤄낸 미국의 역사적 자료들이 살아 숨 쉬고 있기 때문은 아닐까? 그리고 그 짧은 역사를 소중히 잘 가꾸고 보존하는 미국인들의 노력이 오늘날 워싱턴 D.C.를 세계 정치의 중심으로 만든 것은 또 아닐까? 미국이 오늘날 전 세계를 움직이는 슈퍼 파워를 지닐 수 있는 것은 단순히 군사력과 경제력 때문만은 아닌 것 같다. 길지 않은 역사지만 스스로 엄청난 긍지를 갖는 모습은 반만년 역사를 간직한 우리에게 많은 생각을 하게 한다. 워싱턴 D.C.의 스미소니언 박물관을 돌아보며 나는 우리 역사에 더 큰 자긍심을 가져야겠다는 생각을 하게 됐다.

10장 과거의 영광 피츠버그
Pittsburgh

　미국에서 가장 오래된 용광로가 있던 도시, 피츠버그Pittsburgh. 미국 산업을 이끌었던 철강 도시 피츠버그의 영화榮華는 이제 사그라지고 반쯤 비어버린 도심에는 쓸쓸한 바람만이 불어오고 있었다. 하지만 도시를 가로지르는 오하이오 강과 아치형의 예쁜 다리는 피츠버그의 오래된 건물과 어우러져 이 도시를 유럽의 고풍스러운 도시처럼 느끼게 해주는 묘한 매력을 풍기고 있었다.

　피츠버그는 사실 오랫동안 미국인들의 사랑을 받은 도시였다. 2008년에는 '세계에서 가장 가볼 만한 도시 Top 13'에 들기도 했고 언젠가는 미국에서 가장 살기 좋은 도시로 꼽히기도 했다. 그리고 '세계에서 가장 깨끗한 도시 Top 10'에 들기도 했으며 9번째로 걸어 다니기 적합한 도시로 꼽히기도 했다. 하지만 피츠버그는 철강 산업으로 이름을 날리던 1900년대 초중반에는 매캐한 석탄 연기가 도시를 가득 메우던 공해 도시였다. 철강 산업이 쇠퇴하면서 도시가 깨끗해진 것이다. 그렇지만 아이러니하게도 경제적으로는 궁핍해졌다. 환경은 좋아진 대신 경제적 활력을 잃은 것이다. 두 마리 토끼를 잡는 것은 그토록 어려운 일일까?

피츠버그 명물 머농거힐라 인클라인

철강왕 카네기의 기부로 설립한 카네기 멜론 대학Carnegie Mellon University은 아직도 미국 동부의 명문 사립 대학교로 이름이 높다. 팝아트의 거장 앤디 워홀과 영화 〈뷰티풀 마인드〉의 실존 모델인 노벨상 수상자 존 내시가 이 학교 출신이라고 한다. 과거의 영광은 이뿐만이 아니다. 소아마비 백신이 이곳에서 처음 개발되었고 1967년에는 빅맥Big Mac이 처음 만들어졌다. 한 평범한 햄버거 가게가 패티를 두 장 얹어주는 이 빅맥으로 꽤 인기를 끌었다고 한다. 맥도날드에서 판매하는 빅맥의 원조가 바로 피츠버그에 있었던 것이다. 물론 맥도날드와는 전혀 관계가 없는 가게였지만 말이다. 또한 도시를 가로지르는 오하이오 강을 건너는 머농거힐라Monongahela 다리는 최초의 현수교, 즉 강철 케이블로 하중을 지탱해주는 다리로서 1846년에 준공되었다.

피츠버그가 내려다보이는 머농거힐라 인클라인에서 찍은 사진.

하지만 피츠버그의 명물은 뭐니 뭐니 해도 과거 도시 노동자들을 실어 날랐던 머농거힐라 인클라인Monongahela Incline이라고 할 수 있다. 피츠버그가 철강 산업으로 한창 발전하던 19세기 후반에 피츠버그 시내에는 노동자들이 살 만한 집을 지을 땅이 없었다고 한다. 집을 지을 만한 평평한 대지는 오하이오 강 건너 워싱턴 산 위에 있었는데, 문제는 가파른 언덕을 올라가는 길을 만들기가 쉽지 않았다는 것이다. 이에 당시 독일에서 이민을 온 노동자가 독일에 있는 케이블카에 착안해서 피츠버그의 명물인 인클라인을 탄생시켰다고 한다. 피츠버그에는 두 개의 인클라인이 있는데 그중 머농거힐라 인클라인이 1870년 5월 28일에 첫 운행을 시작했다. 과거엔 철강 산업에 종사하는 노동자들이 출퇴근을 하면서 이용하던 인클라인을 요즘은 관광객들이 피츠버그 시내를 전망하기 위해서 이용하고 있다. 이 인클라인을 타고 올라가면 전망대가 나오는데 이곳에서 바라보는 피츠버그 시내와 오하이오 강의 전망은 미국의 3대 도시 전망이라고 불릴 정도로 아름답다고 한다. 그리고 재미있는 것은 가파른 인클라인을 타고 올라가면 거짓말처럼 평지가 나오고 주택가가 넓게 펼쳐져 있다는 사실이다. 그리고 그 주택가 입구에 자리한 그랜드 브루 카페에서는 내가 먹은 시나몬 빵 중에서 가장 맛있는 시나몬 빵을 아침마다 만들어 팔고 있었다.

클린턴 용광로. 과거 제철 산업으로 이름을 날렸던 피츠버그의 상징이다.

조금은 쓸쓸했던 앤디 워홀 박물관

한때 미국 철강 산업의 본거지로서 넘쳐나는 노동자들의 주거 문제를 해결하기 위해 인클라인까지 개통해서 산 위에 마을을 만들었던 피츠버그였지만 지금은 미국의 자동차 산업이 쇠퇴하면서 점점 활기를 잃어가고 있는 중이다. 겉보기엔 화려해 보이는 고풍스러운 도시의 건물들이 유리창이 깨진 채로 비어 있는 곳이 많았고, 다른 도시에서는 줄을 서서 기다려야 하는 스타벅스 커피점이 문을 닫은 채 방치되어 있었다. 피츠버그의 이곳저곳을 보면서 도시가 유지되기 위해서는 경제적 기반 또한 중요하다는 사실을 깨닫게 됐다. 부디 피츠버그가 과거의 영광을 되찾기 바라는 마음을 안고 앤디 워홀 박물관을 찾아갔다.

팝아트의 거장 앤디 워홀이 태어나고 묻혀 있는 피츠버그에는 당연히 앤디 워홀 박물관이 있다. 그런데 안타깝게도 너무나 작은 규모와 부실한 내용에 많이 실망스러웠다. 전 세계 미술계에 지대한 영향을 미쳤으며 생전에 뉴욕 사교계를 화려하게 주름잡았던 앤디 워홀이었지만, 죽음 이후엔 한 평 남짓한 무덤과 고향에 마련된 초라한 박물관이 전부라는 것이 마치 그가 태어난 피츠버그의 모습과 너무도 닮아서 조금 쓸쓸해졌다. 물론 그가 진짜보다 더 진짜처럼 그렸던 캠벨 스프는 아직도 잘 팔리고 있지만 말이다.

11장 컨트리음악의 고향 내슈빌

Nashville

3초마다 번쩍이며 굉음을 내는 천둥번개에 마치 양동이로 물을 쏟아 붓는 듯한 폭우를 뚫고 예상보다 3시간이나 늦게 내슈빌Nashville에 도착했다. 도착할 때가 되니 하늘은 언제 그랬냐는 듯 맑게 개어 있었고, 아빠는 호텔에 도착하자마자 몰아치는 폭우에 차가 찌그러진 곳이 없는지 살피셨다. 우박과 함께 쏟아져 내린 폭우라서 자동차 앞 유리에 작은 흠집이 많이 생겼다. 이렇게 미국 남부로 넘어오는 신고식을 단단히 치르며 도착한 미국 남부 테네시 주의 내슈빌은 여름철 천둥번개를 동반한 폭우만이 아니라 길거리에 분주하게 돌아다니는 엄지손톱 굵기의 바퀴벌레를 보고 온 가족이 기절을 할 정도로 놀란 곳이기도 하다.

하지만 이 두 가지를 제외하면 내슈빌은 너무나 평화롭고 아늑한 곳이었다. 1960년 이후 시간이 멈춰버린 것 같은 내슈빌의 브로드웨이를 걸으며 나는 똑같은 하루라도 내가 어디에 있는가에 따라 시간이 천천히 가기도 하고 빨리 가기도 한다는 것을 깨달았다. 뉴욕과 워싱턴에서는 하루가 어떻게 가는지도 모르게 날이 저물곤 했는데, 미국 남부 도시에서 느끼는 하루의 길이는 생각보다 많이 길었다. 도대체 내슈빌에서의 하루는 왜 그렇게 길게 느껴졌을까?

지금 생각해보니 그 이유는 브로드웨이 거리에서 찾을 수 있을 듯하다. 거리가 온통 컨트리풍 소품과 카우보이모자와 부츠를 파는 상점 아니면 컨트리음악을 라이브로 공연하는 카페로 채워져 있었다. 비가 그친 한여름 나른한 저녁 햇살을 받으며 이 브로드웨이를 걷다 보면 10분을 걸어도 영원 속으로 빨려 들어가는 듯한 묘한 느낌을 받게 된다.

도시 전체가 영화 속 무대 같은 곳, 그 무대를 배경으로 거리의 모든 사람들이 제각각 주인공이 되는 곳이 내슈빌이라는 느낌이 들었다. 현실과 너무나 동떨어진 모습의 내슈빌 브로드웨이를 걸으면서 나는 이곳이 미국 사람들에게 고향과도 같은 곳인 것 같다는 아빠의 말에 전적으로 공감했다. 그렇다, 내슈빌의 브로드웨이는 전형적인 미국 문화의 출발지처럼 느껴졌다. 한때 미국에서 가장 많은 앨범이 제작되었던 곳인 이곳 내슈빌에 '컨트리음악박물관Country Music Hall of Fame and Museum'이 있었다.

내슈빌 컨트리음악박물관

1960년대까지만 해도 미국 음악을 주름잡았던 내슈빌, 미국에서 제작되는 거의 모든 음반 작업이 이뤄졌던 곳답게 내슈빌에 있는 컨트리음악박물관은 엄청나게 큰 규모와 방대한 대중음악 자료를 자랑하고 있었다. 피아노 건반과 음반을 모티브로 디자인한 건물의 외관을 감상하며 실내로 들어가면 유명 컨트리 가수 별로 부스가 따로 마련되어 있고 각각의 부스마다 그 가수의 앨범은 물론 기타와 무대의상이 전시되어 있다. 하지만 무엇보다도 놀라운 것은 부스마다 그 가수가 노래를 부르는 영상과 히트곡들을 들려주고 있다는 점이다. 그리고 독자적인 부스를 갖지 못한 수많은 컨트리 가수들의 히트 앨범도 커다란 벽면에 가득 장식되어 있는데 박물관을 관람하는 내내 미국 컨트리음악이란 음악은 곳곳에서 다 들을 수 있었다.

사실 미국 컨트리음악의 역사가 아무리 오래됐다고 해도 100년 안팎일 텐데 이렇게 많은 자료를 전시하고 있는 모습을 보면서 확실히 역사는 기록하는 자의 것이라는 말의 참뜻을 알 수 있었다. 아빠도 이런 나의 마음을 읽으셨는지 한 말씀 하신다.

"재평아 역사는 기록하는 사람에게 승리를 가져다주는 법이란다. 미국 대중음악이 세계에 큰 영향을 미치는 밑바탕에는 미국인들 스스로가 자기 문화를 아끼고 기록하려는 노력이 있다는 사실을 알아야 해. 우리

내슈빌의 컨트리음악박물관.

내슈빌의 한 기념품 상점에서(왼쪽).
브로드웨이의 엘비스 인형 앞에서 포즈를 취하고 있는 나(가운데).
컨트리음악박물관에 전시되어 있는 앨범들(오른쪽).

문화도 세계에 당당하게 내놓으려면 우리 스스로가 우리의 것을 아끼고 가꾸려는 마음이 선행되어야 하겠지. 그런 의미에서 지금 이 박물관을 우리나라로 옮겨 놓는다면 대충 이런 모습이 될 것 같구나. 박물관 안에 이미자, 나훈아, 남진, 송대관, 설운도에 대한 소품과 일대기가 전시되어 있고 이미자 부스에서는 〈동백 아가씨〉가 흘러나오고, 나훈아 부스에서는 〈고향역〉이 흘러나오고……."

나는 아빠가 말씀하신 가수들과 노래를 전혀 모르지만 아마도 우리나라에 미국의 컨트리음악박물관과 같은 것이 생긴다면 쉽게 알게 되지 않을까 하고 생각했다.

컨트리음악의 본고장인 내슈빌에는 그 명성에 걸맞는 음반 레코딩 스튜디오가 있다. 지금은 역사 속으로 사라져 버린 RCA 레코드를 제작하던 스튜디오 B가 이제는 박물관으로 변해 단체 관광 손님을 맞이하고 있었다.(컨트리음악박물관의 플래티넘 입장권을 사면 스튜디오 B에 입장할 수 있는데 작은 셔틀버스를 타고 이동한다.) MP3에 익숙한 내게 레코드판을 보여주는 박물관이 너무 낯설고 어색한 것이 사실이지만, 연세가 있으신 미국 어르신들은 가이드의 설명을 들으며 마치 추억 여행을 떠난 듯한 흐뭇한 표정으로 연신 고개를 끄덕이신다. 나는 스튜디오 B 투어를 하면서 저렇게 큰 레코드판에 앞뒤로 노래가 고작 열 몇 곡밖에 담겨 있지 않다는 사실에 놀랐고, 음악을 듣기 위해서는 턴테이블이라는 큰 기계가 있어야 하고 음악의 시작 지점에 바늘을 맞춰야 하는 불편함이 있다는 사실에 다시 한 번 놀랐다. 그러고 보니 옛날에는 버스나 지하철 안에서 나만의 음악을 듣는다는 건 불가능한 일이었을 것이다. 지금은 당연한 것들이 옛날에는 꿈도 꾸지 못한 일이라니…….

스튜디오 B의 전성기는 1950년대부터 1970년대 초반까지였다고 한다. 당시 쟁쟁한 가수들은 거의 다 이 스튜디오 B에서 작업을 했다. 무려 3만 5,000여 곡이 여기서 제작되었고 이중에 히트곡이 1,000여 곡에 달한다고 하니 옛 영화는 사라졌어도 박물관으로 남아 이 사실을 기억하는 것은 당연한 일이라고 해야 할 것 같다. 우리 할머니가 즐겨 들으시던 에벌리 브라더스The Everly Brothers의 1958년 작품인 〈All I have to do is Dream〉, 로이 오비슨Roy Orbison의 1960년 작품인 〈Only the Lonely〉, 짐 리브스Jim Reeves의 1964년 작품인 〈Welcome to my World〉를 가이드의 설명을 들으면서 한 곡씩 감상을 할 수 있었다. 물론 아빠가 즐겨 부르시는 엘비스 프레슬리Elvis Presley의 1960년도 작품 〈It's now or never〉와 〈Are you lonesome tonight〉도 들을 수 있었다. 물론 이 노래들이 여기서 제작되었다는 사실은 두말할 필요도 없다.

내슈빌에서 느낀 낭만과 자유

내슈빌은 과거의 영광만 존재하는 곳이 아니다. 저녁을 먹으려 카페가 즐비한 브로드웨이를 다시 찾으니, 거리는 낮과는 또 다른 분위기로 변해 있었다. 카페마다 컨트리 가수들이 라이브 무대를 펼치고 있었다. 더운 날씨라서 그런지 모든 카페가 문을 열고 영업을 하고 있어서 어느 집에서 노래하는 가수가 더 멋지게 생겼는지, 더 노래를 잘 부르는지 바깥에서 확인을 하고 들어갈 수 있었다. 왕복 4차선의 브로드웨이 양쪽에 쭉 늘어선 카페에서 컨트리음악이 흘러나오는 모습은 마치 한국의 미사리 같은 느낌을 준다고 아빠는 말씀하셨지만 내가 보기에는 몇 달 전 잠깐 가봤던 홍대 앞과 더 흡사한 느낌이었다. 아빠와 내가 서로 연상하는 장소는 다르지만 내슈빌에서 느낀 낭만과 자유는 똑같았으리라고 생각한다.

우리 가족은 잘생긴 두 컨트리 가수가 노래를 부르는 카페로 가서 자리를 잡고 앉았다. 무대 바로 앞에는 여행을 온 듯한 미국 아줌마들이 그윽한 눈빛으로 가수들을 바라보고 있었고 가수들은 자기들을 컨트리 보이스라고 소개하며 노래를 불렀다. 꿈을 잃지 않고 노력하고 운도 따라준다면 오늘 내가 찾은 카페에서 노래를 부르던 이 가수들도 언젠가는 컨트리음악박물관에 자신들의 이름을 올릴 수 있지 않을까?

12장 미국 록음악의 성지에 가다
Memphis

따지고 보면 멤피스Memphis는 엘비스 프레슬리의 고향이 아니다. 그
가 열세 살 때 이곳으로 이사 왔기 때문이다. 하지만 엘비스가 노래를
시작하고 마흔두 살에 죽을 때까지 서독에서의 군복무 기간을 제외하면
줄곧 멤피스에서 살았기 때문에 가수 엘비스의 고향은 멤피스라 해도
좋을 것이다.

멤피스에 도착한 우리는 먼저 엘비스가 스타가 되기 전에 노래를 불
렀다는 카페들이 모여 있는 거리를 찾았다. 아빠가 길모퉁이에 주차를
하고 주차기에 동전을 넣자 흑인 한 명이 다가오더니 자기가 우리 차를
잘 봐주겠다고 한다. 아니 주차요금을 이미 냈는데 차를 봐주겠다니,
그런데 아빠가 아무 망설임 없이 그 흑인에게 2달러를 쥐어주시는 것이

아닌가. 평소 불의에 굴하지 않는 모습을 보여주시던 아빠가 왜 이렇게 터무니없는 요구에 돈을 주신 걸까? 내가 길목을 돌아서며 아빠에게 그 이유를 물었더니 아빠가 웃으며 설명을 해주셨다.

"아빠가 보기엔 아까 그 흑인은 정당한 노동의 대가를 바랐던 것 같아. 너도 이곳에 와서 느꼈겠지만 주변에 부랑자처럼 보이는 사람들도 종종 보이고 길도 조금 후미진 것 같구나. 더구나 우리가 타고 온 차가 새 차라서 자칫하면 범죄자들의 좋은 표적이 될 수도 있고…… 방금 그 흑인과 아빠는 서로의 이해가 통했던 거야. 아빠는 우리 차를 잘 지켜서 너희들을 태우고 여행을 무사히 끝마쳐야 하니까 오늘과 같은 상황에서는 저렇게 차를 봐주겠다는 사람이 있는 것이 오히려 더 안심이 되는구나. 그리고 아까 그 흑인은 우리가 돌아올 때까지 정말로 우리 차를 잘 봐주고 있을 거다."

"그걸 어떻게 알 수 있죠?"

"그 친구는 아빠가 돌아오면 돈을 조금 더 줄 거라고 생각할 거야."

실제로 그 흑인은 우리가 관광을 마치고 돌아올 때까지 우리 차 옆에서 자신이 계속 차를 지켰다는 말을 했고 아빠는 웃으면서 그에게 2달러를 더 주셨다. 나는 신기해서 저 사람이 계속 차를 지키고 있으리라는 것을 어떻게 알았는지 아빠에게 물어보았다.

"이곳에 와서 보니 길거리에 일거리가 없어 배회하는 사람들이 많더구나. 내가 아까 그 흑인에게 2달러를 주었을 때 그 흑인은 이렇게 생각했을 거야. '내가 돈을 더 벌 수 있는 방법은 이 일을 잘해서 저 동양인에게 팁을 받는 거다'라고. 만약에 저 흑인이 다른 일거리가 있었다면 애초에 아빠에게 와서 차를 봐주겠다는 말도 하지 않았겠지. 요즘은 미국에서도 돈을 벌기가 쉽지 않은가 보다."

그리고 돈을 벌기 위해 하기 싫은 일을 억지로 하는 것보다는 자신이 정말로 좋아하는 일을 열심히 하다 보면 돈은 저절로 자세를 낮춰서 내게 들어온다는 말씀도 잊지 않으셨다.

깁슨 기타 공장을 견학하다

멤피스의 유명한 빌스트리트Bill Street에 접어들자 한여름 햇살이 내리쬐는 거리에서 웃통을 벗은 흑인 아이들이 텀블링 재주를 보여주면서 돈을 받고 있었다. 현지인은 가게 주인과 점원들뿐인 것 같았고, 거리를 걸어 다니는 사람들은 우리처럼 거의 모두가 여행객으로 보였다. 한때 재즈와 록음악이 넘쳐흘렀을 거리에는 이제 과거에 의지해 근근이 생계를 유지하는 바비큐 집들과 기념품 가게들만이 이 거리의 역사를 말해주고 있었다. 하지만 록음악에서 절대로 빠질 수 없는 악기인 기타를 제작하는, 기타의 메카와도 같은 깁슨Gibson 기타의 본사와 공장은 아직도 건재하게 버티고 있었다.

멤피스의 빌스트리트.

아빠는 깁슨 기타 공장을 견학하면서 옛 추억 이야기를 꺼내셨다.

"아빠 학창 시절에는 깁슨 기타를 살 돈이 없었단다. 하지만 아르바이트를 해서 번 돈으로 싸구려 통기타를 샀지. 그 기타를 깁슨 피크로 치면서 마치 내 기타가 깁슨 기타라도 되는 양 기분 내며 노래를 불렀는데, 오늘 그 깁슨 기타를 깁슨의 본고장에서 만져보는구나!"

미국 남부의 작은 도시 멤피스는 깁슨 기타 본사뿐만 아니라 페덱스 본사가 있는 도시이기도 하다. 전 세계 특송 화물을 취급하는 페덱스는 유엔 회원국보다 많은 225개국에 진출한 세계 최대의 항공 화물 업체로, 보유하고 있는 항공기만 670대에 이른다. 여객 항공사인 아메리칸

깁슨 기타 본사.

항공에 이어 세계에서 두 번째로 많은 수다. 깁슨 기타 본사 바로 맞은편에는 페덱스 포럼이라고 이름 붙여진 실내 경기장이 있다. 프로 농구 팀인 멤피스 그리즐리의 홈구장이기도 한 페덱스 포럼은 멤피스 시 소유의 경기장으로 페덱스가 무려 9억 2000만 달러, 우리 돈으로 1000억 원이 넘는 돈을 주고 구장 명칭에 페덱스를 넣은 것이라고 한다. 엘비스 프레슬리의 고향인 멤피스는 이제 전 세계 특송 화물의 허브가 된 것이다.

그레이스랜드 투어

그다지 크지 않은 시내를 둘러보고 나서 우리 가족은 엘비스 프레슬리가 살았던 그레이스랜드Graceland로 향했다. 운전을 하던 아빠가 갑자기 엘비스 프레슬리를 아는지 물어보신다.

사실 이름을 들어본 적은 있지만 가수였다는 것 외에는 아는 게 없었다.

"아빠도 참, 그 유명한 가수를 제가 왜 모르겠어요?"

"오! 그래? 그럼 노래 하나 불러봐라. 엘비스 노래로."

"……."

엄마도 가세를 하신다.

"왜 그래 재평아, 아빠가 운전하다가 가끔 부르던 노래 있잖아."

"……."

이 모습을 보고 있던 세하가 한마디 거든다.

"엄마, 아빠가 엄마한테 뽀뽀해달라면서 부르던 그 느끼한 노래가 엘비스 프레슬리 노래야?"

"그렇지, 그게 엘비스 프레슬리 노래야!"

순간 내 머리 속에 전광석화처럼 스쳐가는 가사가 있었다.

"아빠, 그 노래 'It's now or never'로 시작되는 거 아냐?"

"그럼, 재평이가 가사를 제대로 알고 있구나. 여보 이게 바로 산교육이야. 내가 아이들을 데리고 그레이스랜드를 찾아올 거라고는 생각도 못했지만, 벌써 10년도 넘게 흥얼거렸던 노래라서 아이들 기억 속에 이미 엘비스 프레슬리 노래가 각인이 되어 있잖아! 그런 의미에서 뽀뽀 한 번 해주라."

"운전이나 제대로 하세요, 주책 아저씨."

"여보 지금 이 순간은 두 번 다시 안 와. 내일이면 늦어, 어서 빨리 해줘!"

에휴, 또 시작이구나……. 나는 읽던 책을 꺼내서 다시 보기 시작했다. 내 옆에 앉은 세하가 엄마에게 결국 한마디 한다.

"엄마, 그냥 빨리 한 번 해주고 말아. 아빠 저러다 또 삐쳐."

아빠가 즐겨 부르시던 엘비스 프레슬리의 〈It's now or never〉의 가사를 모르고 들었을 때는 그냥 느끼한 노래 정도로만 생각했는데, 미국에 와서 영어를 배우고 가사를 이해하면서 들으니 왜 아빠나 엘비스나 그토록 〈It's now or never〉를 느끼하게 불렀는지 이해가 됐다. 나도 언젠가는 아빠처럼 저 노래를 느끼하게 부르게 될 날이 올까?

그레이스랜드는 마치 우리나라의 놀이동산에 입장하는 것처럼 복잡했다. 우선 투어의 종류를 선택하고 요금을 지불하고 투어버스를 기다린다. 우리는 플래티넘 투어를 선택했는데 요금이 100달러나 되었다. 아빠는 "여기까지 와서 안 보고 갈 수도 없고…… 대략 난감이네"라고 하시며 결제를 하셨다. 그레이스랜드에는 투어가이드부터 시작해서 관리 요원과 경비들까지 수백 명의 직원이 일을 하고 있었다. 엘비스 프레슬리가 죽어서도 멤피스 사람들을 먹여 살리고 있는 것이다. 그런데 아빠가 어떻게 내 생각을 읽으셨는지 한마디 하신다.

그레이스랜드에 전시된 엘비스 프레슬리의 의상과 앨범들.

"재평아, 엘비스 프레슬리가 죽어서도 많은 사람들에게 돈을 벌게 해주지? 그런데 반대로 사람들이 죽은 엘비스를 이용해서 돈을 벌고 있다는 생각은 해봤니?"

나는 갑자기 머릿속이 뒤죽박죽 되어버렸다.

엘비스 프레슬리의 무덤.

"제 아무리 좋은 유산을 물려받아도 바로 지금 그 유산을 어떻게 활용하느냐에 따라 결과가 매우 다르게 나타나는 법이란다. 엘비스 프레슬리가 지금도 대중에게 잊혀지지 않고 있는 건 해마다 엘비스 프레슬리 모창 대회가 이곳저곳에서 열리고, 심지어는 엘비스가 살아 있다는 얘기도 심심치 않게 보도되면서 계속 대중에게 엘비스의 존재가 노출되고 있기 때문이지. 사람들은 엘비스를 계속 기억하게 될 거고 그러면 엘비스와 관련한 사업들, 그러니까 음반, 박물관, 모창 대회 등으로 계속 돈을 벌어들일 수 있겠지. 재평아, 이제 조금 이해가 되니?"

나는 아빠의 이야기를 통해서 세상이 내가 생각하는 것 이상으로 복잡하다는 것을 어렴풋이 짐작할 수 있었다.

그레이스랜드는 생각했던 것보다 훨씬 더 작고 복잡했다. 요즘 할리우드 스타들이 사는 집은 하나같이 무슨 성처럼 크고 웅장한데 비해 엘비스의 집은 평범한 2층 주택이었다. 자가용 비행기를 두 대나 유지하면서도 집은 평범함을 조금 벗어나는 수준이었는데, 아마도 1960년대 미국 사회의 분위기가 지금보다는 검소했기 때문이었던 것 같다. 그레이스랜드에서, 엘비스가 젊었을 때 독일에서 군복무를 마치고 고향인 멤피스로 돌아와서 방송국과 인터뷰를 하는 장면을 봤다. 생긴 것은 물론이고 말투와 행동까지도 묘한 매력을 풍겼다. 평소에 엘비스 프레슬리라면 이미 아빠의 노래를 통해서 그 느끼함에 엄청난 거부 반응을 보이던 엄마가 이 자료 화면을 보고 나서는 한마디 하셨다.

"여보, 원래 엘비스는 꽤 매력 있는 청년이었네. 근데 당신이 워낙 노래를 이상하게 불러서 무척 느끼한 사람인 줄 알았지 뭐야~."

엘비스가 정말 잘생겼다는 말을 그레이스랜드에서 한 열 번은 말씀하시는 우리 엄마. 아빠 이마엔 주름이 늘어만 가는데…… 불쌍한 우리 아빠. 어쨌거나, 우리 아빠 파이팅!

그레이스랜드의 가장 유명한 장소는 엘비스가 묻혀 있는 뒤뜰의 묘소일 것이다. 이곳에는 엘비스의 엄마와 동생 그리고 할머니와 엘비스까지 네 명이 나란히 묻혀 있다. 세계를 뒤흔들었던 록 스타의 영원한 안식처는 바로 고향집 가족 곁이었다. 그가 죽은 지 35년이 지났지만, 아직도 싱싱한 꽃다발이 그의 묘지를 장식하고 있는 것은 진정 음악을 사랑했던 그의 영혼을 대중이 아직도 기억하고 있기 때문일 것이다. 엘비스를 알 리 없는 다람쥐가 록의 황제가 잠들어 있는 묘비 위를 바쁘게 지나다니고 있었다. 엘비스의 묘지 앞에서 아빠가 엄마를 바라보며 또 느끼하게 노래를 시작하신다.

"It's now or never come hold me tight, KISS me my darling…….."

아, 아빠는 정말 그러고 싶으실까?

13장 뉴올리언스는 아직 복구 중
New Orleance

내가 뉴올리언스New Orleance를 방문했을 때는 허리케인 카트리나가 이곳을 할퀴고 지나간 지도 벌써 2년이 넘은 때였다. 하지만 아직도 복구되지 않은 곳이 너무 많이 남아 있었다. 심지어 허리케인으로 상처 입은 마을을 보여주는 투어까지 등장할 정도로 온 마을이 폐허가 된 곳도 있었다. 아빠가 직접 운전을 해서 피해가 가장 심했던 마을을 보여주셨다. 마을에는 공터들이 많았는데 알고 보니 그 공터가 원래는 집이 있던 자리라고 한다. 불보다 무서운 게 물이라더니 정말 집을 송두리째 쓸어 가버린 것이다. 자세히 보면 나무로 지은 집들은 흔적도 없이 사라졌고, 시멘트나 벽돌로 지은 집들만 간신히 남아 있었다. 물론 남아 있는 집들도 유리창과 대문은 다 없어진 상태였지만 그래도 기본적인 집의

뉴올리언스로 가는 고속도로. 사진에 보이는 다리의 길이는 상상을 초월할 만큼 길다. 다리 아래에는 습지라서 도로를 놓을 수 없다.

뼈대는 유지하고 있는 모습이었다. 나는 매년 허리케인 피해를 입으면서도 이곳 사람들이 허술하게 나무로 집을 짓는 이유가 궁금해졌다. 아빠는 그 이유를 설명해주셨다.

"돈 때문이지. 미국에는 나무가 많기 때문에 목재 가격이 싸단다. 하지만 콘크리트나 벽돌은 비싸지. 우리나라는 시멘트가 많이 생산되는 나라여서 시멘트를 이용해서 집을 많이 짓지만, 산업화가 되기 전에는 농촌 주택의 대부분이 초가집이었단다. 그럼 왜 초가집을 지었겠니? 이유는 벼농사를 짓는 우리 선조들이 가장 손쉽게 구할 수 있는 재료였기 때문에 볏단을 이어서 지붕을 만든 거야. 초가집은 특성상 몇 년에 한

허리케인 카트리나로 인해 폐허가 되어버린 주택.

번은 지붕을 갈아줘야 하는 불편함이 있는데도 초가지붕을 쓴 이유는 싸기 때문이란다. 돈만 충분하다면 누구나 기와집을 지었겠지. 마찬가지로 여기 사는 사람들도 돈만 충분하다면야 더 단단한 재료로 집을 지었겠지, 안 그러니?"

　피해 현장을 보고 뉴올리언스에서 묵을 호텔에 체크인을 하는데, 덩치가 산만 한 흑인 아저씨가 우리 짐을 옮겨주었다. 짐을 내려놓으면서 뉴올리언스에서 무엇을 하고, 어디를 봐야 하는지를 알려주었는데, 나는 아직도 허리케인 카트리나에 대해 말할 때 심하게 일그러지던 그분의 얼굴을 생생하게 떠올릴 수 있다. 허리케인으로 뉴올리언스 인근에 있는 다섯 개의 댐들이 무너져 수위가 5미터나 차올랐을 때 차고 위에 올라가서 6시간을 버틴 끝에 목숨을 건진 그분은 직접 자신의 눈으로 건물의 유리창과 작은 집들이 물에 떠내려가는 것을 봤다고 한다. 그분 말에 의하면 허리케인 카트리나 자체는 무사히 지나갔는데 폭우로 댐들이 무너지면서 이 같은 재앙이 일어났다는 것이다. 결국 뉴올리언스의 비극은 천재天災가 아닌 인재人災였던 셈이다. 하지만 상처를 딛고 일어선 뉴올리언스는 다시 분주히 움직이고 있었다. 많은 관광객이 다시 찾아오고 있는 도시의 중심가는 활기를 띠고 있었다. 그리고 흑인의 비율이 높은 도시답게 곳곳에 솔 푸드를 파는 음식점들이 많았다.

우리 가족은 말로만 들어왔던 남부 흑인들의 대표 음식인 '검보Gum-bo'를 먹으러 유명 레스토랑인 '마더스Mothers'로 갔다. 호텔에서 우리 짐을 들어줬던 흑인 아저씨가 강력 추천한 레스토랑인데 호텔에서 횡단보도 하나만 건너면 되는, 말 그대로 엎어지면 코 닿을 거리에 있었다. 하지만 미국의 남부 도시답게 길바닥에는 엄지손톱 크기만 한 바퀴벌레들이 기어다니기도 하고 사람들의 발에 밟힌 바퀴벌레 사체가 널브러져 있기도 했다. 고작 백여 미터를 걷는데도 한두 마리는 마주치니 걷는 게 고역이었다. 시내 한복판인데도 기후 때문인지 어딜 가나 이 징그러운 놈들을 보게 된다. 아빠는 호텔 수영장에서도 이놈들을 보았다고 했다. 나는 제발 음식점에서만은 이 징그러운 놈들과 마주치지 않기를 기도하는 심정으로 다녀야 했다. 다행히 마더스에서는 바퀴벌레와 마주치지 않았다.

마더스에서 먹은 음식은 정말 색다른 경험이었다. 지금까지 먹던 음식과는 전혀 다르면서도 우리 입맛에 맞는 검보를 먹으면서 나는 역사적

솔 푸드로 유명한 뉴올리언스의 마더스 레스토랑. 식
사 시간이면 어김없이 길게 줄을 서야 한다.

아픔을 겪은 이곳의 흑인들과 묘한
동질감을 느꼈다. 노예로 미국 땅에
끌려와서 착취를 당하며 살았고 아
직도 많은 수가 사회 하층민으로 사
는 불쌍한 사람들이 그들이다. 닭의
목과 머리로 육수를 낸 국물에 소시
지와 채소 그리고 쌀을 넣고 남부 지

방 특유의 매콤한 양념을 넣어 푹 고아서 만든 검보를 보고 아빠는 우리
나라의 '꿀꿀이죽'과 비슷한 느낌을 받았다고 하셨다. 없이 살던 시절 버
려지는 음식 재료를 이용해서 푹 끓여 만든 것이 비슷하고 열량 보충을
위한 고지방 고칼로리 음식인 것도 비슷하다고 하시면서, 검보야말로 흑
인의 가슴 아픈 과거를 증언해주는 복된 음식이라는 말씀을 하셨다.

뉴올리언스 2차대전박물관

   뉴올리언스에서 남학생이라면 빼놓지 말고 봐야 할 곳이 있는데 바
로 '2차대전World War II박물관(이하 WWII 박물관으로 칭함)'이다. '도대체
뉴올리언스와 2차대전이 무슨 관련이 있다고 WWII 박물관이 있을까?'
하고 생각할 사람이 많을 것 같다. 하지만 미국의 박물관을 다니면서 내

가 느낀 점 중에 하나는 미국 사람들은 자신들 또는 자신의 고장과 조금이라도 연관이 있는 역사가 있다면 어떻게 해서든 그 사실을 기념하고 싶어 한다는 것이다. 와메고의 오즈 박물관이 그랬고 나중에 설명할 앨버커키Alburquerque에 있는 원자핵 박물관이 그렇다. 뉴올리언스에 있는 WWII 박물관은 노르망디 상륙작전에 쓰인 히긴스 상륙용 보트Higgins boat가 뉴올리언스에서 제작된 인연으로 만들어진 박물관이다.

2차대전 참전은 미국에게 큰 모험이었다. 지금이야 미국이 비교할 수 없는 세계 최고의 군사 대국이지만 2차대전 당시 미국의 군사력은 세계 18위였다고 한다. 미국의 넘치는 자원과 잠재력은 고려하지 않고 오로지 군인의 숫자로 매긴 순위였으나 세계 18위의 군사력으로 당시 유럽을 휩쓸고 있는 독일에 선전포고를 한다는 것은 쉽지 않은 결정이었음이 분명하다. 하지만 미국의 저력은 2차대전을 통해서 입증되었고 이후 세계 질서가 미국을 중심으로 재편되었다는 점을 감안하면 미국 어디라도 전쟁박물관이 있는 것이 이상한 일은 아니다.

WWII 박물관에는 흔히 디데이D-day라고 불리는 노르망디 상륙작전과 관련한 상세한 설명과 함께 당시 연합군의 작전 사령부를 재현해 전시하고 있었고 곳곳에서 2차대전 당시의 실제 전투 상황을 녹화한 필름들을 상영하고 있었다. 특히 '디데이 해변 갤러리D-day beaches gallery'에는 노르망디 상륙작전 중 히긴스 보트가 물살을 가르며 오마하 해변에 상륙하는 장면이 재현되어 있었다. 노르망디 상륙작전 중 오마

2차대전 때 활약했던 탱크. 이제 막 제작된 것처럼 보존 상태가 훌륭했다.

WWII 박물관에 전시된 LCVP(히긴스 보트). 노르망디 상륙작전에 쓰였다.

하 해변 전투가 가장 치열했는데 3만 4,000명의 미군이 작전에 참여해서 2,400명이 사망했다고 한다. 200미터도 안 되는 해변을 몇 시간 동안 돌파하는 데 이렇게 많은 사망자가 나왔다는 것에 무척 놀랐다. 물론 독일군의 피해는 미군의 피해보다 몇 배 더 많았다고 한다. 전쟁은 지도자의 결단으로 시작되지만, 희생은 젊은 병사들의 몫이었던 것이다. 한쪽은 자유를 수호하기 위한 희생이었고 다른 한쪽은 독재자의 광기에 휩쓸린 희생이었다. 나는 죽음에도 여러 가지 의미가 있다는 생각이 들었다. '죽었다'라는 사실은 똑같은데 '무엇을 위해?'라는 질문에는 다른 답이 나오는 것이다. 2차대전에서 목숨을 잃은 병사들은 저 세상에서 자신의 죽음에 어떤 정의定義를 내릴까? WWII 박물관은 승자의 입장에서 미군 병사들의 숭고한 희생을 알리고 그 뜻을 기리는 역할을 해주고 있다. 하지만 한편으로는 같은 전투에서 전사하고도 제대로 추모된 적 없는 독일군의 처지를 보며 '역사적 정당성'이 있고 없음에 따라 죽음이 자랑스러울 수도, 초라해질 수도 있다는 것을 느꼈다.

2차대전을 승리로 이끈 나라답게 미국 곳곳에는 전쟁박물관이 산재해 있다. 하지만 이곳 뉴올리언스에 자리 잡은 WWII 박물관은 실제로 2차대전에서 활약했던 각종 전투기와 탱크 그리고 지프차 등이 우리가 영화와 모형으로만 봐오던 그대로 매우 양호하게 보전되어 있다는 점에서 특별하다. 실제로 전시된 각종 무기와 장갑차들은 지금이라도 당장 사용할 수 있을 것 같은 느낌이 들었다.

14장 휴스턴에는
나사만 있는 것이 아니다
Houston

내가 미국 일주 계획을 세울 때 반드시 가봐야 할 곳 중에 하나로 꼽은 곳이 바로 휴스턴Houston이다. 왜냐하면 이곳에 미국항공우주국National Aeronautics and Space Administration, 즉 나사NASA가 있기 때문이다. 나사라고 하면 왠지 인류의 미래를 책임지는 곳 같은 신비한 느낌이 있다. 아빠는 나사 하면 휴스턴이 떠오른다고 하신다. 인간이 달 착륙을 하고 처음 교신한 내용에 등장한 역사적 장소이기 때문이란다. 아빠는 우주 개발의 전초기지인 휴스턴의 나사를 우리에게 꼭 보여주고 싶으셨다고 한다. 하지만 기대가 너무 컸던 탓일까? 나사를 방문하면서 느낀 실망감에 나도 적잖이 당황했다.

우주 개발 전초기지, 나사

　나는 여느 박물관을 견학할 때와 마찬가지로 노트와 펜을 들고 나사에 들어섰다. 그런데 눈앞에는 풍선으로 만든 미끄럼틀에서 아이들이 줄을 서서 미끄럼을 타고 있었고 한편에는 따로 돈을 받고 영상 롤러코스터를 태워주는 모형비행기 같은 놀이기구들이 즐비해 있었다. 놀이기구를 타려는 아이들로 실내는 어수선했고, 정작 우주에 관한 전시물들은 박물관 중앙에 자리 잡은 놀이기구들 때문에 한쪽으로 밀려나 있는 인상을 주었다. 게다가 전시물 상당수가 너무 오래되고 낡아서 어떤 것은 제대로 작동하지 않는 것도 있었다. 20달러 안팎의 적지 않은 입장료를 받으면서 시설의 유지 보수에는 그다지 신경 쓰지 않는 모습을 보니, 이곳이 내가 꿈꿔왔던 나사가 맞나 하는 생각마저 들었다. 내 순수했던 기대가 입구에서부터 허물어지는 느낌이었다. 하지만 몇몇 전시물은 이곳이 나사라는 사실을 충분히 일깨워줄 만큼 훌륭했다. 특히 우주선을 조종해보는 시뮬레이션 기구는 정말로 우주선에 앉아서 착륙하는 기분이 들 정도로 실감이 났다.

　입구에서 시작한 박물관 투어는 한 시간이면 다 둘러볼 정도로 짧았다. 하지만 이것만으로 아쉬움이 남는다면 전차를 타고 90분간 나사 내부를 견학하는 트램 투어를 하면 된다. 실제 우주로 쏘아 올린 새턴 5호 로켓과 우주왕복선을 제작하는 공장을 견학할 수 있는 코스다. 따

나사 입구에서 찍은 사진. 들어서자마자 사진 뒤에 보이는 각종 놀이기구들이 보인다.

우주선을 조종해보는 시뮬레이션 장치.

라서 나사를 제대로 보고 싶은 사람이라면 이 트램 투어가 필수라 하겠다. 하지만 우리처럼 여름방학 기간 중에 나사를 방문하는 사람은 최소한 두 시간은 줄을 서서 기다려야 한다는 문제가 있다.

우리 가족은 줄을 서서 기다리는 일에 익숙하지 않은데 아빠가 줄을 서서 기다리는 것에 대한 좋지 않은 기억이 있기 때문이다. 초등학교 때 에버랜드에 놀러 갈 때도 우리 가족은 아침 일찍 제일 먼저 놀이동산에 도착해서 사파리 투어를 하고 그 옆의 플룸라이드, 독수리 요새까지만 타고 점심을 먹은 후 집에 돌아오는 코스를 고집했다. 아빠가 놀이동산 나들이 때마다 '일찍 갔다 일찍 오는' 원칙을 고수한 이유는, 내가 두 살 무렵 놀이동산에 갔다가 수많은 인파가 퇴장 시간에 출구로 몰리면서 이산가족이 되어 죽을 고생을 하고 난 다음부터라고 하신다. 당시 놀이동산 입구에서 주차장까지 셔틀버스를 타고 이동하는데 승차장에 사람들이 몰리면서 아빠가 엄마와 나를 놓쳤고 급한 마음에 뛰어서 주차장까지 달려갔는데도 우리가 보이지 않자 다시 셔틀버스 타는 곳으로 뛰어오고 이렇게 세 차례나 주차장과 셔틀버스 승차장 사이를 뛰어다니셨다고 한다. 결국 사람들이 다 사라지고 난 썰렁한 주차장에서 눈물의 상봉을 한 엄마와 아빠는 그 이후로 다시는 줄을 서서 입장하는 곳에는 얼씬도 안하셨다고 한다.

그런데 이곳 나사에 와서 우리는 꼼짝없이 두 시간 동안 줄을 서서 입장 순서를 기다려야 했다. 7월 중순의 휴스턴은 말 그대로 찜통이었다. 가만히 있어도 땀이 줄줄 흐르는데 사람들 사이에 있으니 서로의 체온이 상승효과를 일으켜서 숨 쉬기가 힘들 정도로 더웠다. 하지만 기다리는 사람 어느 누구도 힘든 내색이나 불평을 하지 않았다. 미국에서 3년가량 살면서 꽤 오래 줄을 서서 기다려야 하는 일이 종종 있었는데, 그때마다 미국인들의 높은 질서 의식을 느낄 수 있었다. 공항이나 상점에서 답답하리만큼 일 처리가 늦어도 미국 사람들은 특유의 인내심으로 별 내색 없이 잘 참고 기다리곤 한다. 아무튼 긴 여행 끝에 도착한 나사의 핵심 코스를 포기하는 것은 상상조차 할 수 없는 일이었기에, 우리

가족은 그동안의 원칙을 깨고 뙤약볕에서 탑승 순서를 기다렸다. 장시간의 기다림 끝에 겨우 트램에 올라탄 우리는 멀리 새턴 로켓이 보이는 길을 돌아서 마침 우주왕복선을 한창 제작 중인 곳에 도착했다. 유리창

우주왕복선을 제작하는 모습.

너머로 우주왕복선의 실제 모습을 보는데, 그 느낌이 사진으로 보는 것과는 사뭇 달랐다. 우주왕복선을 실제로 보게 되는 날이 올 줄이야! 나는 유리창에 코를 박고 제작 중에 있는 우주왕복선의 내부를 열심히 들여다보았다.

다시 트램을 타고 우주선 모형들이 전시되어 있는 다음 코스로 이동을 했다. 그런데 하늘이 심상치 않았다. 멀리서 들려오던 천둥소리가 바로 우리 머리 위에서 울리기 시작한 것이다. 지붕에 천막만 씌워놓은 트램에 굵은 빗방울이 사정없이 들이닥치기 시작했고 순식간에 관람객들은 물에 빠진 생쥐 꼴이 되고 말았다. 결국 우주선 모형을 보는 일정을 취소하고 다시 박물관으로 돌아올 수밖에 없었으니, 빗속을 뚫고 달려가는 트램에 앉아 멀리 새턴 5호 로켓을 바라보는 것으로 만족해야 했다.

우리는 다시 박물관으로 돌아왔고 그곳에서 젖은 옷을 말리며 카페테리아에서 가볍게 요기를 하려고 했다. 그런데 이게 웬일인가? 특별 행사가 있다며 카페테리아 문을 일찍 닫아버린 것이다. 트램 투어를 하기 전에 음료수를 사러 들렀을 때는 하루 종일 무료로 리필이 된다는 음료수 통을 아무 말도 없이 무려 5.99달러에 팔더니만, 오후 4시도 되지 않아서 문을 닫은 것이다. 도대체 무슨 특별 행사냐고 물었더니 나사 직원이 이곳에서 결혼식을 한다는 것이다. 비 맞은 생쥐 꼴로 카페테리아 앞에서 우리 가족은 망연자실할 수밖에 없었다. 결혼이야 축하할 일이지만 우리 가족은 너무 목이 말랐다.

　말로는 '100만 분의 1 오차도 허용하지 않는 나사의 기술력'을 자랑하지만, 하나를 보면 열을 안다고 이런 무원칙의 운영을 하다니 사람이 사는 곳은 어디든 허점이 있나 보다. 갑자기 1986년 1월에 있었던 챌린저호 폭발 사건이 생각났다. 연료통의 고무패킹에 문제가 있어서 이륙 후 1분 13초 만에 우주왕복선이 폭발한 사건이었는데, 연료통을 잘못 제작한 것도 문제였고 추운 날씨에 발사를 감행한 것도 결정적 실수였음이 후에 밝혀졌다. 추운 날씨에 너무 딱딱해진 고무패킹이 가스 누출을 막지 못했기 때문이라고 한다. 결과적으로 모든 것이 원칙을 잘 지키지 않아서 발생한 인재인데 아까운 우주비행사들의 목숨만 희생된 것이다.

　안내 데스크를 찾아서 항의하고 싶지만 지칠 대로 지친 우리 가족에게는 휴식이 더 시급했고 다음 일정이 있었기 때문에 참기로 했다. 하지만 나사의 발전을 위해 글로나마 제언을 한다면 첫째, 입구에 들어서자마자 보이는 각종 놀이기구는 놀이동산으로 보내주시면 좋겠고 둘째, 낡아서 작동하지 않는 전시물들을 시급히 고쳐주시기를 바라고 셋째, 트램 투어는 여름방학 기간만이라도 증편 운행해서 대기 시간을 최소한 한 시간 이내로 줄여주면 좋겠다. 덧붙여 직원들 결혼식을 위해, 28달러나 지불하고 들어온 손님들을 홀대하지 않았으면 한다.

　나사에 대해 기대가 컸던 만큼 아쉬움도 컸던 게 사실이다. 하지만 항공우주에 대한 체계적인 전시물과 우주를 향한 도전의 역사를 직접 눈으로 확인하고 싶은 친구들이라면 꼭 가봐야 할 곳이라는 생각에는 변함이 없다.

홀로코스트 박물관에서 일본군 위안부 할머니들을 생각하다

미국의 큰 도시에는 보통 박물관들이 모여 있는 구역이 따로 있는데, 휴스턴에도 박물관 구역Museum District이 있어서 여러 박물관을 견학하는 사람들은 시간을 절약할 수 있다. 나사는 도시 외곽에 있어서 따로 날을 잡아야 했지만 휴스턴에 있는 나머지 20여 개 박물관은 한곳에 모여 있어서 찾아다니기가 편리했다. 그중에서도 2차대전 당시 나치가 유태인을 학살했던 잔인한 역사를 기록한 홀로코스트 박물관Holocaust Museum이 기억에 남는다.

유럽 사회에서 유태인에 대한 차별은 2차대전 이전부터 있어온 일이지만, 나치 같은 맹목적 민족주의가 등장한 이후 유태인 차별은 극단적인 폭력으로 치달았다. 1차대전의 패배로 자신감을 잃은 독일인에게 게르만족의 우수성을 외치며 정치의 전면에 등장한 히틀러는 당시 독일인에게 말 그대로 영웅 같은 존재였다. 박물관에 전시된 사진을 보면, 히틀러가 말할 때 주위 장군들이 하나같이 열광적인 표정으로 그를 바라

홀로코스트 박물관 입구.

보고 있었다. 또 히틀러가 거리를 지나갈 때, 창문가에서 환호하는 할머니의 눈에는 감격의 눈물이 흐르고 있었다. 이러한 전폭적 신뢰를 바탕으로 얻은 막대한 권력을 평화로운 세상을 건설하는 데 썼다면 얼마나 좋았을까? 하지만 그렇게 하기엔 1차대전 이후 독일 국민들이 받은 설움과 분노가 컸던 것 같다. 1차대전 패배 이후 독일은 베르사유 조약에 따라 1320억 마르크라는, 당시로서는 천문학적인 배상금을 감당해야 했는데 이것이 독일 국민들에게 엄청난 부담이 되었던 것이다.

게르만족의 부활을 외쳤던 히틀러는 국민의 전폭적 지지를 등에 업고 전쟁을 일으켰고, 그 전쟁의 소용돌이 속에서 힘없는 유태인을 잔인하게 학살했다. 이곳에서 보여준 짧은 영화에서, 유태인들이 길거리에 쓰러져 죽어 있고 독일군들은 수레에 시체를 실어 미끄럼틀을 이용해 구덩이 속으로 몰아넣어 묻는 장면을 봤는데 너무나 끔찍했다. 또한 가스실에 가둬 죽이기 전에 모든 소지품을 압수하고 머리를 남김없이 깎아 버리는데, 그 머리 깎는 장면 뒤로는 무덤이 보였다. 그런 장면들을 보고 있자니 인간의 잔인함에 대한 두려움과 함께 희생자들에 대한 연민 그리고 가해자들에 대한 분노를 느꼈다.

휴스턴의 홀로코스트 박물관은 600만 명에 달하는 유태인 희생자들을 비롯해 무고한 희생자들을 기리고 살아남은 분들에게 존경의 마음을 표하기 위해서 건립되었다고 한다. 물론 유태인 학살에 대한 올바른 교육을 통해 홀로코스트에서 비롯된 증오와 편견과 무관심의 위험성을 알리는 교육에도 힘을 쏟고 있다.

이 홀로코스트 박물관은 1996년에 문을 열었으니 역사가 그리 오래되지는 않았는데, 홀로코스트의 생존자로 이곳 휴스턴 주민이었던 시지 이작슨Siegi Izakson으로부터 시작되었다. 그는 1981년에 홀로코스트 교육센터를 건립하기로 마음먹었는데, 자신과 같은 생존자들이 하나둘 세상을 떠나면서 홀로코스트의 어두운 역사와 기억들이 교훈을 남기지 못하고 사라져가는 것이 안타까웠기 때문이라고 한다. 무려 15년 동안 계획을 세우고 실천에 옮기기 위해 애쓴 결과, 당초 홀로코스트 교육센터였던 명칭이 홀로코스트 박물관으로 승격되었고 이작슨의 꿈은 결실을 맺게 되었다. 박물관을 개관하면서 그는 "이제 홀로코스트 이야기는 사라지지 않을 것이다"라고 말했다 하니 확실히 '역사는 기록하는 자의 것'이라는 말이 옳다는 사실이 다시 한 번 입증된 셈이라고 하겠다.

우리나라에도 2차대전 당시 전쟁에 강제 동원되어 굴욕적인 삶을 강요당한 위안부 할머니들의 이야기를 담은 '일본군위안부역사관'이 경기도 퇴촌에 있다. 많은 위안부 할머니들이 이미 세상을 떠나셨고 이제는 몇 분만 남아서 역사관 옆 숙소에서 생활하신다고 한다. 고통스러운 역사를 되풀이하지 않기 위해서는, 어두운 역사를 직시하고 그 교훈을 잊지 않으려는 노력이 필요하다. 그러기 위해선 많은 사람들이 보다 찾아가기 편한 곳에 일본군위안부박물관이 건립되어야 하지 않을까?

놀면서 배우는 건강박물관

홀로코스트 박물관을 나와서 우리는 건강박물관Health Museum으로 갔다. 두 박물관은 같은 블록에 위치해 있어서 걸어서 갈 수 있을 정도로 가깝다. 건강박물관은 이름만 들었을 땐 병원 같은 분위기에 바이러스나 병균 같은 것에 대해 대비하는 법을 가르치는 곳 같았는데, 실제로

휴스턴 건강박물관 입구.

는 우리 몸의 구조와 움직임, 혈액의 순환 등을 가르쳐주는 곳이었다. 우리 신체의 각종 장기들, 즉 뇌와 심장, 신장, 간, 폐 등을 한쪽 벽면을 다 채울 만큼 크게 모형으로 만들어서 이들이 어떤 원리로 어떻게 작동을 하고 어떤 기능을 하는지 상세하게 알려주고 있었다.

　전시장 한편에서는 고정된 자전거를 탈 수 있게 해놨는데 이 자전거를 타면 옆에 있는 스크린에 내가 자전거를 타는 모습이 엑스레이로 투시되어 나타난다. 이 엑스레이를 통해 자전거를 탈 때 뼈들의 움직임을 관찰할 수 있다. 물론 자전거를 타는 해골의 모습을 보는 것은 아무리 내 모습이 투영된 것이라 해도 팀 버튼 감독이 제작한 〈크리스마스 악

몽〉이 떠오르는 약간은 괴기스러운 경험이긴 했다.

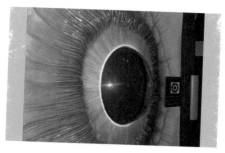

눈동자의 움직임을 이해하기 쉽게 해주는 엄청난 크기의 안구 모형.

휴스턴의 건강박물관은 무엇을 가르치고 배우는 곳이라기보다는 그냥 와서 편하게 놀 수 있는 장소였다. 엄청나게 큰 각종 장기 모형을 보는 것만으로도 우리 몸을 이해하는 데 큰 도움이 되는데 아이들이 자연스럽게 인체 모형들을 가지고 놀면서 우리 몸의 구조를 이해할 수 있는 프로그램이 잘 짜여 있었다. 예를 들어 우리의 폐가 호흡하는 원리를 고무풍선 같은 도구를 통해 횡격막이 아래로 내려가면 공기가 들어오고 위로 올라가면 공기가 나가는 원리를 직접 작동시켜 이해하는 식이다.

영사실에서는 우리의 피부 조직을 관찰하는 4D 영화가 상영되고 있었는데 마치 외계의 풍경을 감상하는 듯한 착각이 들었다. 우리 몸을 크게 확대해서 살펴보면 전혀 다른 세상이 펼쳐진다. 미세한 움직임 하나하나가 다 이유가 있고 또 각각의 조직들이 제 기능을 수행해야지만 우리가 건강한 상태를 유지할 수 있다는 것을 이곳 건강박물관에서 새삼 깨닫게 됐다.

나는 휴스턴에는 나사만 있는 줄 알았는데 이렇게 다양한 박물관이 있다는 사실에 한 번 놀라고 박물관마다 수준 높은 전시를 하고 있어서

두 번 놀랐다. 아이들의 교육을 위해 이렇게 다양한 박물관이 존재하는
것은 정말 부러운 일이다

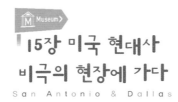

원래의 일정은 휴스턴에서 곧장 댈러스로 이동하는 것이었는데 엄마의 부탁으로 아빠가 일정을 조금 바꾸셨다. 이번 가족 여행은 백 퍼센트 나를 위한 여행으로 계획되었기에 내가 좋아하는 박물관 위주로 여행 스케줄이 짜여 있었다. 그래서 초등학교 3학년인 동생 세하에게는 조금 재미없는 여행이 되었던 것 같다. 여행이 막바지로 접어들면서 엄마는 세하를 위한 이벤트를 준비해야겠다고 생각하셨던 모양이다.

"그래도 명색이 가족 여행인데 너무 공부만 하면서 보내는 거 아니에요?"

엄마는 즐거운 이벤트를 마련하기를 바라셨고 아빠도 마침 어디서 좀 제대로 놀다 갈 곳 없나 생각하고 계셨다고 하신다. 텍사스의 지도를 펼쳐보시던 아빠가 무릎을 치며 외치셨다.

"아, 그렇지!"

뭔가가 떠오른 아빠는 전화기를 들어서 숙소 예약을 바꾸기 시작하셨다. 일정을 바꾸면 남은 여행의 숙소 예약을 도미노처럼 다 바꿔야 해서 여기저기 전화를 걸어야 하는 불편함이 있었지만 아빠는 불평 없이 일을 처리하셨다. 이렇게 해서 우리가 여행 일정을 하루 늘려 들르게 된 곳이 바로 샌안토니오San Antonio다.

세계 최고의 범고래 쇼 '빌리브'

한 번도 들어본 적 없는 이곳에 우리가 오게 된 것은 오로지 지상 최고의 '범고래 쇼'를 보기 위해서였다. 바다를 끼고 있는 미국의 몇몇 대도시에는 '시월드Sea World'라는 테마파크가 있는데, 샌안토니오는 텍사스 주 한복판에 있는, 그러니까 바다와는 전혀 상관이 없는 곳임에도 '시월드'가 있다. 이곳의 범고래 공연이 세계 최고라는 것은 아빠가 대학원 공부를 할 때 이곳 범고래 쇼를 찍은 비디오 파일로 편집을 배우면서 알게 되셨다고 한다. 방송 일을 하면서도 어디 좋은 곳이 있으면 꼭 기억하셨다가 우리를 데려가곤 하셨는데 이번에도 그런 셈이다.

샌안토니오의 시월드는 무려 1억 7,000만 달러를 들여서 만들었다고 한다. 하지만 이곳을 세계 최고의 시월드로 만든 것은 범고래 쇼 '빌리브Believe'이다. 왜 쇼의 제목을 '빌리브'라고 지었을까 하는 궁금증은 이 쇼를 보고 나서 저절로 풀렸다. 몸 길이 10미터에 무게가 10톤이나 나가는 범고래가 사람을 태우고 헤엄을 치고 수면 위로 점프를 해서 거의 천장에 닿을 만큼 사람을 밀어 올리는 모습은 감동 그 자체였다.

'빌리브' 공연은 사람과 범고래가 서로 재미있게 놀고, 장난치는 모습을 보여주는데 그 모습이 마치 유치원 학생들이 서로 천진난만하게 노는 모습 같았다. 사실 범고래는 바다에서 가장 강한 종족이라고 한다. 물개나 돌고래는 물론 자신보다 큰 대왕고래까지 잡아먹는 난폭한 놈들이다. 그래서 영어로는 킬러 웨일Killer Whale이라고 불리는데 그런 놈들을 데리고 이렇게 감동적인 공연을 한다는 건 정말 경이로운 일이다. 이 모두가 조련사와 범고래 사이에 '믿음'이 없다면 이뤄질 수 없는 일인 것이다. 야생의 범고래를 데리고 이렇게 완성도 높은 공연을 하기까지 얼마나 많은 시간과 노력을 투자했을까 생각을 하면 조련사들에게 저절로 머리가 숙여진다. 최고의 범고래 쇼를 봤으니 이제는 그 대가를 치를 시간이다.

쇼가 거의 끝나갈 무렵 범고래 '샤무'가 관객들이 앉아 있는 풀의 가장자리로 와서 꼬리지느러미로 물세례를 하기 시작한다. 3~4미터의 초대형 꼬리지느러미로 튕겨내는 물의 양은 가히 물 폭탄이라고 할 만큼 엄청나서 맨 앞줄은 물론이고 앞에서 열두 번째 줄에 앉은 우리까지도 고스란히 물에 빠진 생쥐 꼴이 되고 말았다. 샤무의 단 세 차례 꼬리지느

범고래 '샤무'가 등장하는 '빌리브' 공연.

범고래 '샤무'가 꼬리지느러미로 물을 퍼붓는 모습.
앞에서 12번째 줄까지는 흠뻑 젖는다.

러미 공격에 나와 아빠는 셔츠를 벗어서 물기를 짜내야 할 만큼 흠뻑 젖고 말았던 것이다. 샤무의 빌리브 공연을 보기 전에는 반드시 자리에 쓰인 경고 문구를 꼭 확인해야 한다. '스플래시 존Splash Zone'이라고 쓰인 곳은 물에 흠뻑 젖게 되는 곳이니 각오를 하고 앉아야 한다. 그냥 축축하게 젖는 것이 아니라 흠뻑 젖게 된다는 경고 문구까지 친절하게 덧붙여놓았으니 만약에 흠뻑 젖을 각오로 앉더라도 카메라나 캠코더 또는 가방 같은 것은 반드시 비닐봉투 속에 넣어두는 것이 좋다.

범고래 공연을 보고 나서 우리 가족은 그 옆의 돌고래 공연장으로 구경을 갔다. 그런데 공연 관람에도 순서가 있다는 것을 그때 깨달았다. 육중한 범고래의 힘이 넘치는 공연을 보다가 돌고래 공연을 보니 이건 아니다 싶은 거였다. 엄마가 참다못해 한 말씀 하셨다.

"범고래 공연 보다가 돌고래 공연을 보니까 돌고래가 고등어처럼 보이네."

우리 가족은 이 한마디에 돌고래 공연을 보다가 정신없이 웃고 말았다. 영문을 모르고 우리 옆에 앉아 있던 미국 사람들도 우리가 너무 정신없이 웃으니까 같이 따라 웃기 시작했다.

우리 가족이 시월드를 방문했을 때 새롭게 선보인 놀이기구가 있었는데 '저니 투 아틀란티스Journey to Atlantis'라는 놀이기구였다. 일종의 플룸 라이드Flume ride 같은 놀이기구인데 한 줄에 네 명씩 모두 20~30명 정도가 타고 물이 흐르는 코스를 롤러코스터처럼 곤두박질치는데, 이 놀이기구를 타고 있는 사람도 물에 젖지만 구경하는 사람은 물벼락을 맞게 된다. 나와 세하는 아무것도 모르고 놀이기구가 내려오는 것을 구경하다가 피할 겨를도 없이 물 폭탄을 맞고 말았다. 육중한 놀이기구가 무섭게 내려오면서 옆으로 튀겨내는 물의 양이 상상을 초월했다. 아무튼 시월드에서 물벼락을 맞는 일은 흔한 일이라서 여분의 티셔츠는 한 장 정도 가지고 갈 것을 권한다.

샌안토니오 시월드의 놀이기구는 너무 가까이서 구경하면 흠뻑 젖는다.

샌안토니오 시월드의 또 다른 매력은 악어를 직접 만져볼 수 있다는 것이다. 악어가 노닐고 있는 늪지대에서 사육사가 길이 1미터쯤 되는 새끼 악어를 안고 다니면서 만지게 해주는데 그 느낌이 참 묘했다. 약

악어를 만지고 있는 세하.

간 끈적거리면서도 부드러운 느낌이었는데 뱃가죽의 주름이 주는 느낌이 재미있었다. 그래도 저렇게 생긴 놈의 가죽으로 만든 핸드백이나 구두를 사람들이 좋아하는 이유를 나는 잘 모르겠다. 물론 뉴올리언스에서 먹은 악어 고기의 담백하면서 약간 질긴 느낌이 색다르긴 했어도 그건 속살 얘기고 악어 가죽은 좀 징그럽지 않은가 해서 하는 말이다

케네디의 비극, 식스스 플로어 박물관

대통령이 카퍼레이드 도중 암살자의 총에 맞아 죽은 도시, 댈러스Dallas. 이 보수적인 도시의 첫 느낌은 텍사스의 다른 도시와는 달리 약간 음침했다. 아마도 이곳에서 존 F. 케네디가 암살을 당했다는 역사적 사실 때문에 그런 느낌을 받는 건지도 모른다. 아직도 케네디 대통령 암살에 대해선 풀리지 않은 의혹들이 많기 때문에 이러한 의혹이 제대로 풀려야지만 댈러스도 미국 역사의 어두운 그늘에서 벗어날 수 있지 않을까?

케네디는 댈러스의 엘름스트리트Elm Street를 지나는 도중 리 하비 오스왈드Lee Harvey Oswald가 쏜 총탄에 맞아 죽었다. 오스왈드가 총을 쏜 곳으로 추정되는 장소는 당시 국정교과서 창고 건물 6층이었는데, 지금은 바로 그곳에 '식스스 플로어6th Floor' 박물관이 손님을 맞이하고 있다. 가슴 아픈 사건이 벌어졌던 역사적 장소를 박물관으로 개조해서 입

왼쪽 건물 6층이 오스왈드가 저격을 한 장소이고 사진 오른쪽 아래 X 표시를 한 곳이 케네디가 총을 맞은 지점이다.

장료를 받고 손님을 맞이하는 것이 과연 옳은 일일까 하는 의구심이 들기도 했지만, 미국 사람들의 성향은 싫든 좋든 사실은 단순히 사실로 받아들이는 경향이 있다는 점과 윤리와 체면의 문제보다 실용적 이익을 우선하는 성향이 강한 사람들이라는 점을 고려하면 케네디의 저격 장소에 박물관이 들어선 것은 지극히 당연한 일일 수도 있다.

박물관은 케네디가 댈러스 공항에 도착해서 저격을 당할 때까지의 시간별 상황과 저격 이후 장례식까지의 모든 과정을 풍부한 자료를 통해 보여주고 있었다. 그중에는 〈시카고 트리뷴〉이 케네디의 사망을 전하는 전보를 받고도 이를 믿지 못해서 몇 시간 동안 보도를 미뤘다는 내용과

케네디 대통령이 사망했다는 소식을 전하는 신문.

존슨 부통령이 다급히 워싱턴으로 귀환하는 비행기 기내에서 대통령 선서를 하는 장면 등이 포함되어 있어서 매우 흥미로웠다.

식스스 플로어 박물관에서는 당시의 급박한 뉴스를 전하는 〈댈러스 타임스 헤럴드〉를 4달러 50센트에 판매하고 있었는데 헤드라인에 "대통령 사망, 코널리(당시 텍사스 주지사) 피격"이라고 쓰여 있었다. 1면 하단에는 린든 존슨 부통령이 대통령직을 이어받았다는 소식을 짧게 전하고 있다. 당시에 발행된 신문과 똑같은 복사본인데 이 신문을 보고 있으면 1963년 11월 22일의 비극적 사건 한가운데 있는 듯한 느낌을 강렬하게 받게 된다. 아마도 이것이 활자로 인쇄된 매체의 위력이 아닐까?

또한 이 박물관에서는 저격범 오스왈드가 이송 도중 잭 루비Jack Ruby 라는 사람이 쏜 총탄에 맞고 쓰러지는 장면을 실제 녹화된 화면으로 보여 주는데 단말마의 비명을 지르며 쓰러지는 오스왈드의 모습에서 악인의 최후가 얼마나 비참한지를 확인할 수 있었다. 하지만 그렇게 빨리 피의자를 응징한 결과 케네디 암살은 그 배후를 캐내는 데 큰 어려움에 봉착하였다고 한다.

보스턴의 케네디 박물관과 댈러스의 식스스 플로어 박물관은 모두 케네디와 관련된 박물관인데, 이 두 박물관의 전시는 확연히 다른 점이 있다. 보스턴의 케네디 박물관이 케네디의 영광스런 모습들 위주의 자료를 전시한 반면 댈러스의 식스스 플로어는 케네디의 죽음에 초점을 맞춘 자료만 주로 전시하고 있다는 점이다. 같은 인물을 위한 박물관이라도 어느 곳에 어떤 의미로 건립이 되느냐에 따라 이런 차이를 보이고 있는 것이다.

　박물관을 나와서 실제로 케네디가 저격당한 도로로 갔다. 도로변 공원에서 관광객들에게 저격 당시를 설명하는 한 흑인 할아버지를 만났다. 그 할아버지는 케네디가 저격을 당할 당시 바로 10미터 전방의 도로변에서 그 장면을 목격했으며 그때부터 케네디의 암살과 관련한 자료를 모으기 시작했다고 한다. 자신이 생각하는 케네디 암살범은 린든 존슨 당시 부통령과 리처드 닉슨, 허버트 후버 그리고 마커슨이라고 주장했는데 그것이 사실이든 아니든 미국인에게 케네디의 죽음은 아직까지도 풀리지 않는 수수께끼인 것은 분명한 것 같았다.

오스왈드가 저격했을 것으로 추정되는 곳에서 바라본 엘름스트리트.

케네디의 저격 장소에서 만난 흑인 할아버지. 저격 당시를 목격했다고 한다.

16장 오클라호마시티에서 만난 카우보이

Oklahoma City

텍사스 주 바로 위가 오클라호마 주이고 오클라호마시티Oklahoma City 는 오클라호마 주의 주도이다. 오클라호마시티는 도시 중심부에서 주 변으로 조금만 나가면 오래된 집들과 썰렁한 거리만이 여행객을 맞이하 는 조용한 도시다. 아마도 이곳을 뚜렷한 관광 목적으로 찾는 사람들은 없을 것이다.

하지만 이곳 오클라호마시티도 나름의 매력이 있는 도시다. 우선 다 른 곳에서는 볼 수 없는 '국립카우보이 · 서부유산박물관National Cowboy and Western Heritage Museum'이 있다.

미국 서부 문화를 가장 잘 보여준 국립카우보이 · 서부유산박물관.

서부 역사의 산증인, 카우보이를 만나다

국립카우보이 · 서부유산박물관은 내가 가본 곳 중 미국 서부 문화와 카우보이의 생활을 가장 잘 보여준 최고의 박물관이었다. 서부 카우보이들이 실제 어떻게 생활했는지를 사실감 있게 각종 모형으로 세밀하게 재현해서 전시하고 있었고, 서부 개척 시대의 생활상을 볼 수 있게 그 당시의 마을도 그대로 복원해놓아서 그곳에 들어서면 마치 150년 전 서부 시대로 여행을 떠난 느낌이 들 정도였다.

당시나 지금이나 카우보이에게 가장 사치스러운 물건은 말안장인데,

가죽에 은을 박고 문양을 새겨 넣은 말안장 장식.

각종 목장의 표식 인두 틀.

요즘도 장인이 만드는 말안장은 부르는 게 값일 정도로 비싸다고 한다. 박물관 전시실에는 수천 달러에서 수만 달러에 이르는 말안장들이 한쪽 벽면에 가득 걸려 있고, 오클라호마 출신 로데오 챔피언의 의상과 장비들도 전시되어 있었다. 카우보이들은 소를 방목했는데 넓은 들판에 소를 풀어놓고 기르다 보면 길을 잃고 헤매는 소들이 생기기도 하고 이웃 목장으로 소들이 넘어 들어가는 일이 종종 있었다고 한다. 그리고 소 도둑들이 소를 몰고 달아나는 일도 생길 수 있기 때문에 목장마다 고유의 문양을 만들어서 소에 표시했다고 한다. 쇠로 만든 문양 틀을 불에 달궈 소의 엉덩이에 인두질로 표시를 해서 소유 관계를 확실하게 했다고 하는데 인두질을 할 때 소가 꽤 아팠겠다는 생각이 들었다.

광활한 대지에 소를 방목하는 일은 이곳의 유일한 돈벌이였기 때문에 이곳 사람들에게 소몰이 기술은 가장 중요한 기술이었다. 따라서 소몰이 기술이 뛰어난 목동이 당연히 좋은 대접을 받고 인기를 얻을 수 있었다. 이러한 전통은 지금도 이어져서 어마어마한 상금이 걸린 로데오 경

전통의상을 입고 박물관을 안내하는 자원봉사자들.

기가 이곳저곳에서 활발히 벌어지고 있다. 예전에 해외 토픽을 소개하는 텔레비전 프로그램에서 로데오 경기를 본 적이 있는데, 성난 황소나 말을 탄 카우보이가 한 손으로 안장을 거머쥐고 떨어지지 않으려 기를 쓰고 버티는 모습을 보면서 왜 저렇게 위험하고 무모한 짓을 하는지, 또 저런 우스꽝스러운 모습을 보면서 관중들은 왜 열광하는지 궁금해했던 적이 있다. 그런데 그것이 이 사람들의 과거 생활 그대로의 모습이고 자존감 높은 미국인들은 그 모습 그대로를 아끼고 사랑한다는 것을 이곳 '국립카우보이 · 서부유산박물관'에서 깨달을 수 있었다.

박물관의 또 다른 건물에서는 현재 서부 생활을 주제로 한 그림과 조각들을 전시하고 있었다. 모두가 현재 활동하는 유명 작가들의 작품들로 작품을 사고 싶은 사람은 작품 옆에 스티커를 붙이면 된다. 스티커가붙은 작품들은 복제가 가능한 조각 작품의 경우 같은 작품의 다른 에디션을 판매하고, 그림의 경우는 경매에 붙이는 방식으로 판매가 진행된다. 박물관이 화랑 역할도 해주는 것이다. 전통을 지키는 삶을 주제로한 예술작품 판매에도 도움을 주는 모습을 보면서, 박물관이 단순히 옛것을 전시하는 데 머무르지 않고 언젠가 이곳에 전시될 가능성이 있는작품들에게도 적극적인 관심을 갖는 모습이 인상적이었다.

이곳 박물관에서 눈길을 끌었던 것은 지역 원주민 전통복장으로 안내를 하고 있는 자원봉사자들이었다.

박물관 규모에 비해 방문객이 많지 않아서 우리는 안내를 하는 자원봉사자들로부터 충분한 설명을 들으며 충실한 견학을 할 수 있었다.

한국전쟁의 기억, 보병45사단박물관

오클라호마시티의 또 다른 박물관은 2차대전과 한국전쟁 때 활약했던미 보병 45사단을 기념하는 '보병45사단박물관45th Infantry Division Museum'이다. 미국 보병 45사단은 한국전쟁에서 1951년 12월 미 8군 1군단예하부대로 참전하여 영천, 철원, 폭찹 고지, 단장의 능선 전투 등을 치

오클라호마시티에 있는 보병45사단박물관.

른 베테랑 부대다.

단장의 능선 전투는 한국전쟁 당시 가장 치열한 전투로 기록되는데 1951년 9월 13일부터 10월 13일까지 적군과 아군을 합쳐서 모두 4만 명의 군인들이 죽거나 다쳤으며, 이때 미군이 쏘았던 포탄만 20만 발이 넘었다고 한다. 그때의 상황을 미국의 역사학자 페렌바흐는 그가 쓴 《이런 전쟁This Kind Of War》에서 다음과 같이 말했다고 한다.

전선을 따라서 자리 잡고 있는 고지 몇백 개 중에서 보잘것없는 이 둥근 언덕 세 개를 차지하기 위해 4,000명도 더 되는 아군 병사들이 목숨을 잃었다.

여기서 말하는 세 개의 둥근 언덕은 바로 양구를 둘러싼 작은 봉우리들을 말하는데 그 봉우리들을 연결하는 능선 가운데 하나가 단장의 능선이다.

폭찹 고지 전투는 1953년 휴전 협정을 앞두고 중공군과 유엔군 사이에 벌어진 전투인데 미 보병 45사단도 이 전투에 투입됐다고 한다. 전투는 승리했지만 당시 130명의 장병 중 20명만 살아남았을 정도로 미군의 피해가 꽤 컸던 전투였다. 사흘간의 전투 동안 유엔군이 퍼부은 포탄만 7만 7,000발이었다.

휴전을 위한 회담을 진행하는 와중에 왜 이렇게 많은 군인들을 희생시키는 전투를 해야 했는지 나로서는 이해가 되지 않았다. 한국전쟁은 자유 진영과 공산 진영 간의 전쟁으로 기록되는데 각 진영은 자신의 이념이 더 우월하다고 말하면서 사람의 목숨에는 별로 관심을 기울이지 않은 것 같아서 씁쓸한 느낌이 든다.

전쟁이 끝나고 1959년에는 이 폭찹 고지 전투를 주제로 할리우드 영화가 제작되었는데 영화의 제목이 그대로 〈폭찹힐〉이었다. 그레고리

한국전쟁 때 북한군이 사용하던 따발총을 들어보고 있는 나.

팩이 주연을 맡았고 영화 속에서 실제 전투를 하는 엑스트라들은 폭찹 고지 전투 당시 미 45사단 장병으로 실제 전투에 참여했던 참전 용사들이 맡았다고 한다.

아무튼 미 보병 45사단은 한국전에서 무려 4,004명의 사상자를 냈을 정도로 치열한 전투를 한 혈맹부대다. 이 박물관에는 특히 한국전쟁과 관련한 자료가 많이 전시되어 있었는데, 한국전쟁 당시 인민군이 사용하던 소위 '따발총'을 직접 손으로 만질 수 있다. 아빠는 어렸을 때 반공 영화에서 봤던 따발총을 이렇게 직접 만져보기는 처음이라고 하시면서 많이 신기해하셨다. 그리고 한국전쟁 당시 우리나라의 모습을 담은 사진들을 보면서 나는 우리 가족이 가끔 산책을 하는 남산의 썰렁한 풍경에 낯설고 신기한 기분이 들었다. 서울의 옛 모습을 미국의 한적한 시골 도시인 오클라호마시티에서 보게 되리라고 누가 상상이나 했겠는가.

박물관의 넓은 마당에는 한국전쟁 때 활약했던 전투기와 탱크, 장갑차, 곡사포와 헬리콥터 등 다양한 무기들이 엄청나게 많이 전시되어 있었는데 웬만한 작은 나라는 이 무기로 군대를 창설할 수 있을 정도로 많아 보였다. 오클라호마 주는 미국에서도 꽤 작은 주에 속하는데 이렇게 작고 외진 주에 이처럼 잘 갖춰진 박물관들이 있다는 게 대단하게 느껴졌다.

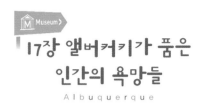

40번 도로를 타고 뉴멕시코 주를 들어서면 '오락의 주, 뉴멕시코에 오신 것을 환영합니다Welcome to New Mexico, State for Entertainment'라는 간판이 여행객을 반갑게 맞이한다. 하지만 자기 주를 놀기 좋은 곳이라고 광고하는 뉴멕시코 주의 풍광은 그다지 놀기에 적합해 보이지 않았다. 왜냐하면 보이는 것은 돌산과 사막뿐이라서 이런 곳에서 뭘 하고 노나 하는 생각밖에 들지 않았기 때문이다. 아빠도 운전을 하시면서 "도대체 이런 곳에서 뭘 하고 놀 수 있을까?" 하고 엄마에게 말을 건네실 정도였다. 그런데 마치 신기루처럼 앨버커키Albuquerque라는 도시가 나타났다.

미국의 서부 지역은 고속도로를 몇 시간을 달려도 개미 한 마리 안 보이다가 갑자기 도시가 나타나곤 하는데 앨버커키가 바로 그런 도시다.

사실 나는 이 도시를 이름도 잘 알려지지 않은 별 볼일 없는 도시로 생각했다. 그런데 그게 아니었다. 앨버커키는 뉴멕시코에서 가장 큰 도시이고, 세계에서 가장 큰 열기구 축제가 열리는 곳이며, 멕시코보다 더 멕시코 같은 올드 히스토릭 타운Old historic town이 있는 도시였다. 또 앨버커키는 빌 게이츠가 마이크로 소프트 사를 처음으로 설립한 곳이기도 하다.

앨버커키에서 가장 매력적인 곳은 '올드 히스토릭 타운'인데 이곳은 영어보다는 스페인어를 쓰는 게 더 편할 정도로 멕시코 풍이 짙은 곳이다. 뉴멕시코는 원래 멕시코 땅으로, 아직도 이곳에는 멕시코 문화가 많이 남아 있었다. 주변에는 멕시칸 레스토랑이 즐비한데, 어느 곳을 들어가도 제대로 된 멕시칸 요리를 먹을 수 있고 운이 좋으면 기타를 치며 멕시코 민요를 부르는 사람들도 만날 수 있다. 또 하나 올드 히스토릭 타운에서 반드시 들러야 할 곳이 있는데 바로 국제방울뱀박물관 International Rattlesnake Museum이다.

이곳에는 미국 대륙에서 서식하는 모든 종류의 방울뱀들이 다 전시되어 있다. 미국에 서식하는 방울뱀이 수십 종류나 되며 지역마다 각기 다른 방울뱀이 살고 있다는 것을 이곳에 와서 처음 알았다.

박물관에서 바다거북이 교미를 하는 다큐멘터리 필름을 보았는데, 거북의 세계에서도 암컷을 사이에 둔 수컷들의 경쟁은 치열했다. 한 수컷이 암컷의 등 위로 올라타니까 다른 수컷들이 어디선가 모여들어서

뉴멕시코 주 입구의 고속도로 표지판(왼쪽).
앨버커키의 올드 히스토릭 타운. 오래된 건물 그늘에 멕시코 풍의 기념품을 파는 노점들이 늘어서 있다(오른쪽).

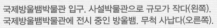

국제방울뱀박물관 입구. 사설박물관으로 규모가 작다(왼쪽).
국제방울뱀박물관에 전시 중인 방울뱀. 무척 사납다(오른쪽).

암컷 등 위에 올라탄 수컷의 다리를 물어뜯고 심지어는 콧등까지 깨물고 난리를 피운다. 이 모진 시련을 겪으면서 꿋꿋하게 버티며 끝까지 암컷의 등 위에서 떨어지지 않는 수컷의 집념이 놀라웠다. 이렇게 다른 수컷들의 방해에도 굴하지 않고 암컷의 등에 올라탄 수컷이 바닷속에서 수면까지 올라오면 다른 수컷들이 더 이상 방해하지 않고 다시 각자 제 갈 길로 뿔뿔이 흩어졌다. 바다거북도 싸울 때와 물러설 때를 안다는 생각이 들었다.

참고로 국제방울뱀박물관은 개인이 운영하는 작은 규모의 박물관인데 그 주인은 세계에서 제일 큰 방울뱀을 잡은 경력이 있는 베테랑 땅꾼이라고 한다. 그가 사람 키보다도 훨씬 큰 방울뱀과 찍은 사진을 보고 그 방울뱀을 어떻게 했냐고 물었더니 그냥 놓아주었다고 한다. 그러니까 미국 서부 어느 곳에서는 지금도 그렇게 큰 방울뱀이 기어 다니고 있다는 얘기가 된다. 허걱!

앨버커키 원자핵박물관

앨버커키에서 또 한 군데 반드시 가봐야 할 곳이 있는데 바로 원자핵박물관Atomic Museum이다. 이곳에 원자핵박물관이 생긴 이유는 바로 이곳에서 150마일 떨어진 로스알라모스Los Alamos라는 곳에서 인류 최초

앨버커키의 원자핵박물관.

로 원자폭탄 실험이 행해졌기 때문이다. 팻맨Fat Man이라는 이름의 이 원자폭탄을 실험할 당시 폭발과 함께 생긴 고열로 주변의 모래가 다 유리로 변했다고 한다. 팻맨은 1945년 8월 9일 일본의 나가사키에 떨어졌고 1분 만에 8,500미터 높이의 버섯구름을 만들며 폭발 순간에만 7만 4,000명의 목숨을 앗아갔다. 팻맨은 전쟁 때 쓰인 두 번째이자 마지막 핵폭탄이다. 첫 번째 핵폭탄은 1945년 8월 6일 히로시마에 떨어졌던 리틀보이Little Boy다. 팻맨은 플루토늄-239로 리틀보이는 우라늄-235로 만들어졌다고 한다. 하지만 두 폭탄 모두 같은 코드의 작전, 즉 맨해튼 프로젝트Manhattan project에 의해 개발된 쌍둥이 폭탄이다.

맨해튼 프로젝트는 2차대전 당시 독일이 먼저 핵폭탄을 개발할 것을 우려한 아인슈타인이 1939년에 미국 대통령 프랭클린 루즈벨트에게 보낸 편지에서 시작되었다. 이후 1942년 로스알라모스에 국립연구소

최초의 원자폭탄 팻맨의 실제 모형. 무게는 약 4톤, 길이 3미터, 지름 72센티미터이다.

가 세워지고 1945년 7월 16일, 실전에 투하되기 20여 일 전에 사상 첫 폭발 실험에 성공한다.

인류가 경험해서는 안 되는 것 중 가장 대표적인 것이 바로 핵폭탄일 것이다. 물론 핵폭탄 투하로 2차대전이 빨리 종식됐다는 평가를 할 수도 있지만 나가사키와 히로시마에 떨어진 단 두 개의 핵폭탄으로 무려 20만 명의 목숨이 희생당했다는 점을 우리는 잊지 말아야 한다. 전쟁을 일으켜 수많은 사람을 고통 속에 몰아넣은 일본은 밉지만 그 때문에 너무 많은 민간인이 희생당한 것은 안타까운 일이다.

하늘을 날고 싶은 욕망, 열기구박물관

앨버커키에는 원자핵박물관과는 성격이 전혀 다른 인류의 욕망을 담은 발명품을 주제로 한 박물관이 있는데 바로 열기구박물관이다. 매년

열기구박물관 내부.

10월 둘째 주에 앨버커키에서 개최하는 열기구 대회는 미국은 물론 세계에서도 가장 규모가 큰 열기구 대회라고 한다. 탁 트인 대지 위에서 형형색색 수백 개의 열기구가 하늘로 올라가는 모습은 정말 장관이다. 사막인 앨버커키는 건조한 기후로 열기구를 띄우기에 최적의 장소라고 한다. 열기구를 올리는 시간은 새벽 동틀 무렵이 가장 좋다고 하는데 대기가 차가워진 새벽이야말로 열로 기구를 팽창시키기 좋기 때문이다.

　열기구박물관은 열기구 대회가 열리는 광활한 사막 바로 옆에 있다. 이곳에는 열기구의 역사와 각종 자료들이 전시되어 있고 시뮬레이션을 통해 직접 열기구를 조작하는 연습도 할 수 있다. 사람들은 하늘을 나는 것을 동경해왔고 열기구를 통해 하늘을 날기 시작한 사람들이 가장 먼저 도전한 일이 대서양 횡단이었다. 하지만 초반의 모든 시도들은 성공하지 못했고 대부분의 도전자들은 대서양 바다에 추락해서 지나는 선박에 간신히 구출되거나 아니면 영원히 실종됐다고 한다. 하지만 이제는 열기구로 무착륙 세계 일주를 한 사람이 있을 정도로 열기구도 발전을 거듭했다. 아무튼 뉴멕시코 주의 앨버커키는 심심한 사막 풍경 가운데 갑자기 솟아오른 오아시스 같은 곳이었다.

18장 옛날 옛적 애리조나에서는
Arizona Meter Crater & Virginia City

앨버커키를 지나 40번 도로를 타고 서쪽으로 달리다 보면 애리조나 Arizona 주가 나온다. 미국에서 가장 황량하고 막막한 주를 세 개만 꼽으라면 나는 주저 없이 뉴멕시코, 애리조나, 네바다 주를 꼽을 것이다. 하지만 아빠는 나와 생각이 달랐다. 아빠는 이 셋이 운전하는 재미가 넘치는 주라고 하신다. 가도 가도 끝없는 사막인데 운전하기 좋은 주라니…… 운전을 할 줄 모르는 나로서는 알 길이 없지만 귀찮은 걸 무척 싫어하는 아빠에게 지평선 끝까지 일직선으로 뻗어 있는 도로는, 자동차의 크루즈 컨트롤을 사용할 수 있는 최적의 장소로 양반 다리를 하고 앉아 한 손으로는 냉커피를 마시며 그야말로 산신령 같은 포즈로 운전할 수 있는 지상 최고의 도로였던 것 같다. 하긴 고속도로 순찰차와 컨

테이너 트럭이 한 십 분 간격으로 간간이 보이는 도로니 그야말로 유유
자적하게 운전을 할 수 있는 조건은 충분히 마련된 셈이다. 하지만 차창
밖으로 보이는 사막 풍경이 한 시간 전이나 지금이나 그리고 앞으로 한
시간 후나 별반 다를 것이 없는 상황에서, 뒷좌석에 앉아 있는 나로서는
참으로 답답한 곳이었다.

아빠는 간간이 "카우보이 애리조나 카우보이 화양야~를 달려가는 애
리조나 카우보이~"라는 노래를 부르며 운전을 하시고 엄마는 도대체
그게 무슨 노래냐며 좀 아는 노래를 부르라고 핀잔을 주셨다. 아빠는
"아니, 명국환 아저씨의 유명한 〈애리조나 카우보이〉를 몰라? 우리가
지금 애리조나를 달려가고 있는데 이런 명곡쯤은 불러줘야 하는 것 아
냐? 아마 명국환 아저씨도 실제로 애리조나를 달리면서 당신 노래를 불
러보지는 못하셨을 것 같은데?" 하시며 줄기차게 그 노래의 한 소절만
계속 부르셨다. 아빠는 〈애리조나 카우보이〉의 가사를 전부 다 알고 있
지는 못했던 것 같다.

우주에서 온 손님

사막을 계속 달리다 보면 광활한 대지가 전해주는 지구의 소리가 들
릴 것만 같은 착각에 빠질 때가 있다. 모래 빛깔 드넓은 평야가 사방으

로 펼쳐진 끝에는 하늘이 맞닿아 있는데 그 사이에 사람이 만들어놓은 인공 구조물은 하나도 없는, 그런 들판을 몇 시간씩 달리다 보면 누구라도 지구의 소리를 듣게 되지 않을까? 애리조나 들판을 달리다 보면 지구의 주인은 사람이 아니라 지구 그 자신이라는 사실을 깨닫게 된다.

그런데 이 지구에 가끔 먼 우주로부터 손님이 찾아온다. 별로 달갑지 않은 손님이기는 하지만 말이다. 애리조나 사막 한가운데도 우주에서 무지하게 큰 손님이 맹렬한 속도로 날아들었다. 사막 한가운데 떨어진 거대한 운석이 바로 그분이시다.

대부분 운석은 대기권에 진입하면서 공기와의 마찰에 의해 소멸되지만 운석의 크기가 큰 경우에는 다 소멸되지 않고 지구 표면에 충돌하면서 거대한 분화구를 만들어낸다. 만약에 서울 크기만 한 운석이 지구에 떨어진다면 전 인류는 즉시 멸망하고 말 것이다. 지구 대기권을 뚫고 들어오는 운석의 엄청난 속도 때문에 상상을 초월한 파괴력이 나오기 때문이다. 운석의 가공할 위력이 어느 정도인지는 브루스 윌리스가 주연한 영화 〈아마게돈〉이나 〈딥 임팩트〉를 보면 쉽게 이해할 수 있을 것이다.

'유성 분화구'라고 불리는 애리조나 주의 운석 분화구는 4만 9,000여 년 전에 직경 60미터가량의 니켈과 철로 이루어진 운석이 지구에 충돌해서 형성된 것이라고 한다. 충돌의 충격으로 깊이 240미터 폭 1,219미터의 분화구가 만들어졌다. 충돌 당시 운석의 속도는 초속 15킬로미터, 당시 지표면에 도달한 운석의 무게를 15만 톤으로 추정하고 있으니

분화구에 떨어진 운석. 내 뒤로 보이는 사진이 운석이 떨어진 분화구를 찍은 것이다.

W(운동에너지)$= \frac{1}{2} mv^2$(m은 질량, v는 속도)에 의해 계산을 하면 TNT 2000만 톤, 히로시마에 투하된 원폭의 150배에 달하는 위력이라는 계산이 나온다. 당시 반경 3~4킬로미터 안의 모든 생명체가 즉사했고, 충격파는 시속 2,000킬로미터의 속도로 반경 20킬로미터 내외를 초토화했을 것으로 추정하고 있다. 폭발 때문에 날아간 석회암은 사방 260킬로미터에 걸쳐 발견되고 있다고 한다. 직경 60미터의 운석이 애리조나 일대에 대재앙을 몰고 온 것이다. 하지만 지금은 이 유성 분화구가 우주를 연구하는 좋은 자료가 되고 있고 한편으로는 돈을 벌어들이는 관광 자원이 되고 있으니 참으로 아이러니한 일이다. 특히 사막 한가운데 유

애리조나 일대에 대재앙을 몰고 온 유성이 남긴 분화구.

성이 떨어졌기 때문에 사건 당시의 모습이 잘 보존된 것도 큰 도움이 되었다고 한다. 만약에 유성이 정글에 떨어졌다면 비에 쓸리고 나무에 뒤덮여서 그 모습이 잘 보존되지 못했을 것이다.

이 분화구는 국유지가 아닌 사유지를 연구와 관광 목적으로 개방해 놓은 곳이라서 입장료가 15달러로 좀 비싼 편이다. 하지만 운석에 의한 분화구의 형태가 잘 보존되어 있고 외계인이 나오는 영화에 단골로 등장하는 곳이라서, 애리조나에서 40번 고속도로를 달려서 그랜드캐니언이나 라스베이거스를 가는 길이라면 시간을 내서 들러볼 만한 곳이다.

지구상에 떨어지는 수많은 운석 종류나 운석에 대해 지난 수세기 동안 관측한 자료들도 전시해놓고 있어 하루 관람으로 운석을 마스터할 수 있는 좋은 기회가 될 수 있다.

미국 서부의 민속촌, 버지니아시티

미국의 네바다 주는 애리조나 주와 맞닿아 있는데 애리조나 주처럼 사방이 돌산으로 이루어진 사막이다. 도박이 합법적으로 인정되는 일확천금의 주이기도 한 네바다 주는 사실 도박 말고는 딱히 할 것이 없어 보이는 정말 황량한 주다. 특히 라스베이거스와 르노는 공항은 물론 주유소와 편의점에도 슬롯머신이 설치되어 있을 정도로 눈을 돌리는 모든 곳에 '한탕' 거리가 즐비하다. 호텔에도 로비마다 카지노가 있어서 미성년자가 길을 잃으면 낭패를 보기 쉽다. 미성년자는 카지노 출입이 법으로 금지되어 있기 때문이다. 다만, 보호자와 동반해서는 카지노를 지나갈 수 있다. 여기서 지나간다고 말하는 이유는 호텔에서 식사를 하거나 로비 화장실을 이용할 때 카지노를 지나가야만 하는 경우가 있기 때문이다. 그리고 당연한 얘기지만 아무리 보호자와 함께 있어도 미성년자는 도박을 할 수 없다. 따라서 호기심에라도 슬롯머신에 돈을 넣어서는 안 된다.

미국은 참 알다가도 모를 나라인 것이, 네바다 주 바로 옆에 있는 유타 주는 몰몬교의 본산으로 도박은커녕 술을 파는 곳도 없는데 이곳에서는 세상의 모든 '유흥거리'가 총집결해 있으니 말이다. 카지노가 밀집해 있는 라스베이거스와 르노는 호텔 숙박료가 무척 싸다. 일류 호텔의 평일 숙박료가 49달러에서 69달러 정도니까 그냥 지나가면서 묵는 여행객에게는 참으로 고마운 일이다. 하지만 이곳에서 그냥 잠만 자는 일이 말처럼 쉽지 않을 것 같다. 이왕 여기까지 왔는데 기념으로라도 한번 해봐야지 하고 슬롯머신에 돈을 넣고 있는 여행객들이 생각보다 많은 것이다. 르노의 한 호텔에 묵으면서 아빠도 은근히 엄마에게 "기념으로 한 번만 해보자~ 여보~" 하고 보채는 것을 보면 호텔 요금이 괜히 싼 것이 아니라는 생각이 들었다. 하지만 엄마의 호통으로 모든 상황은 종료되었고 우리 가족은 꽤 싸게 일급 호텔에 묵을 수 있었다. 어쨌든 절제할 수 있는 용기가 있다면 네바다 주의 호텔 요금이 미국에서 가장 저렴한 편임을 참고하시길.

카지노에서 시간을 낭비하지 않으면 다른 볼거리와 즐길 거리를 찾게 되는데 대부분 호텔에는 그 지역에서 가볼 만한 곳을 안내해주는 팸플릿이 로비에 마련되어 있어서 손쉽게 정보를 얻을 수 있다. 여러 종류 가운데 19세기 중기기관차를 타고 '골드러시' 때의 서부 마을을 경험해보라는 팸플릿이 눈에 띄었다. 위치는 르노에서 남동쪽으로 약 한 시간 거리에 있는 '버지니아시티Virginia City'였다.

"한 시간 드라이브면 가깝네."

편안한 마음으로 운전대를 잡으신 아빠는 내비게이션이 점점 깊은 산속으로 길을 안내하자 조금씩 긴장하기 시작하셨다.

"이거 가는 길이 장난이 아닌데⋯⋯."

정말 그랬다. 르노를 출발해서 동남쪽으로 내려오는 도로를 타고 얼마 되지 않아서 꽤 높은 돌산이 나오는데 바로 그 산을 굽이굽이 넘어가야 하는 것이다. 도로 옆은 낭떠러지인데다 수시로 불어오는 측면 바람 때문에 아빠는 식은땀을 흘리며 운전을 하셨다. 그래도 영어 속담인 'No pain, no gain', 우리 속담으로는 '고생 끝에 낙이 온다'고 어느덧 우리는 버지니아시티 입구에 다다를 수 있었다. 자동차로 산을 넘으면서 'Suicide table'이라는 안내 표지판이 꽤 많이 보였다. 자살 탁자? 그게 뭐지? 나는 버지니아시티에 가면 가장 먼저 자살 탁자가 뭔지 물어봐야겠다고 생각했다.

험한 산을 넘고 넘어서 도착한 버지니아시티는 매력적인 마을이었다. 한마디로 표현하자면 타임머신을 타고 100여 년 전의 미국 서부로 여행을 온 기분이었다. 도시라고 하기엔 너무나 작은, 사방 1킬로미터 남짓한 마을인데, '미국의 민속촌'이라고 생각하면 딱 맞는 곳이었다.

버지니아시티를 관광하기에 안성맞춤인 마차. 친절하게 생긴 아주머니가 마차를 끌고 있다.

자살 탁자가 무엇인지 설명해주는 카우보이 아저씨.

마을에 도착하자 말이 끄는 마차가 거리를 지나가는 모습이 보였다. 교통수단은 아니고 관광객을 태우고 마을을 한 바퀴 도는 중이었다. 마차가 가는 길을 따라 한 블록 아래로 내려가보니 버지니아시티의 중심가가 나왔다.

중심가의 모든 상점은 전부 옛날 모습을 유지하고 있었다. 골드러시 때 서부가 이런 모습이었겠구나 하는 생각이 들었다. 나는 우선 자살 탁자가 뭔지 알고 싶어졌다. 거리엔 카우보이모자를 쓰고 진짜 권총을 차고 돌아다니며 안내를 해주는 아저씨 몇 분이 있었다. 내가 "이곳에 오면서 길가에 세워놓은 자살 탁자라는 안내판을 수도 없이 많이 봤는데 대체 그게 뭐예요?" 하고 묻자, 잘생긴 카우보이 아저씨가 기다렸다는 듯 설명을 해주신다.

"아, 그거. 여기가 옛날에 금광이 있던 곳이거든. 광산에는 늘 돈이 넘치지. 그리고 네바다 주는 도박이 허용되는 곳이란다. 그러니 이 산골에서 광부들이 뭘 하겠니? 술 마시고 도박하며 세월을 보내겠지? 그런데 바로 저기 보이는 바에서 도박을 하던 남자가 돈을 다 잃자 그 자리에서 자살을 했지 뭐니……."

아 그래서 자살 탁자라고 했구나. 버지니아시티를 오는 내내 궁금해

마크 트웨인 박물관 입구. 1층엔 기념품점이 있고 지하에는 박물관이 있다.

했던 것을 알고 나니, 이제 그 자살 탁자가 보고 싶어졌다. 내 생각을 알아차렸는지 카우보이 아저씨가 바로 조언을 해주셨다.

"근데 거기는 도박장이라서 어린이는 혼자 못 들어간단다. 아빠랑 같이 가보렴. 그리고 너 《톰 소여의 모험》 알지?"

"네, 마크 트웨인이 쓴 책이잖아요." 내가 넙죽 대답을 하자, 기다렸다는 듯이 카우보이 아저씨가 또 물어보신다.

"그래, 잘 아는구나. 근데 마크 트웨인이 여기서 기자 생활을 했던 건 모르지?"

"에이 그렇게 유명한 사람이 이렇게 작은 마을에서 살았을라구요?"

버지니아시티의 관광열차를 타고 주변을 돌아보면 옛날에 운행했던 증기기관차를 볼 수 있다.

내가 믿지 못하겠다는 반응을 보이자 "내가, 너 그렇게 나올 줄 알았다. 그럼, 너 자살 탁자를 보고 나서 길 건너편에 있는 마크 트웨인 박물관을 가보렴" 하시는 것이 아닌가.

마크 트웨인 박물관? 정말 마크 트웨인이 여기서 기자 생활을 했을까? 백문이 불여일견이라고 나는 자살 탁자보다 먼저 마크 트웨인 박물관으로 발길을 돌렸다.

'마크 트웨인 박물관'은 버지니아 중심가 한복판 오래된 건물의 지하에 자리 잡고 있었다. 1층의 기념품 가게를 지나야 들어갈 수 있는데 대단한 상술이라는 생각과 함께 마크 트웨인 박물관에 대한 부정적인 선입견이 생기게 됐다. 이거 별거 아닌 걸 전시하면서 돈만 많이 받는 것 아닌가 하는 생각이 든 것이다. 입장료가 5달러인데 나는 잠시 망설였다. 5달러로 아이스티를 사 마시는 게 낫지 않을까? 아, 이미 호기심의 반은 메말라버렸는데 어떻게 하지? 그런데 이런 나의 고민을 아빠가 한방에 해결해주었다.

"아이스티는 언제든 사 마실 수 있는 거고 마크 트웨인 박물관은 오늘 아니면 평생 못 볼 수도 있어. 안 보고 후회하느니 보고 나서 후회하는 게 훨씬 나은 거야."

이렇게 해서 나는 아빠의 말씀에 등을 떠밀려 마크 트웨인 박물관으로 내려갔다.

우리가 알고 있는 마크 트웨인은 필명으로, 버지니아시티에서는 본명인 새뮤얼 랭혼 클레멘스Samuel Langhorne Clemens라는 이름을 썼다고 한다. 이곳에서 그는 신문사 기자로 활동하며 광산에서 일을 했다. 당시 버지니아시티는 샌프란시스코와 덴버 사이에 있는 가장 큰 정착촌이었다. 버지니아시티 주변에 콤스톡 광맥이라는 어마어마하게 큰 은광이 발견되었기 때문이다. 미주리 주 미시시피 강 언저리의 가난한 집에서 태어난 마크 트웨인이 돈을 쫓아서 금맥과 은광이 발견된 버지니아시티에서 광부로 일을 했다는 것은 어떻게 보면 당연한 일인지도 모르겠다.

하지만 버지니아시티의 부귀영화는 오래가지 못했다. 광산에서 나오는 금과 은이 줄어들면서 도시는 쇠락의 길을 걸었다. 그러다가 최근 금과 은, 구리 같은 광물 값이 오르면서 채산성이 좋아졌고 다시 사람들이 모여들면서 활기를 띠게 되었다고 한다. 그리고 무엇보다 과거의 모습을 간직한 마을 모습이 그 자체로 관광지처럼 알려져서 주말이면 많은 사람들이 모여들어 즐거운 하루를 보내는 곳이 되었다.

아빠와 함께 들어가서 본 자살 탁자는 그냥 나무로 된 탁자였다. 이 탁자에 앉아서 도박을 하던 남자가 돈을 다 잃자 상실감에 총으로 자신의 머리를 쏴서 자살을 했다는 것이다. 자살 탁자는 도박으로 비운의 최후를 맞이한 사람의 얘기를 통해 쉽게 돈을 벌려는 사람들에게 경종을 울려주는 곳이었다. 물론 아직도 그 주변엔 수많은 슬롯머신이 손님을 맞이하고 있지만…….

중심가 주변을 구경하면서 마을 외곽으로 나오자 기차역이 눈에 들어왔다. 아직 남아 있는 선로를 이용해서 버지니아시티를 찾는 사람들에게 요금을 받고 버지니아시티 외곽을 돌며 과거의 흔적을 돌아볼 수 있게 만든 관광 코스다.

버지니아시티의 볼거리는 이것뿐만이 아니다. 정통 서부 액션극을 직접 볼 수도 있다. 어른은 6달러 어린이는 4달러를 내면 약 30분 동안 공연하는 서부극을 볼 수 있는, 한마디로 저렴한 가격에 보는 간단한 공연인데 마음을 비우고 즐거운 마음으로 보면 재미있는 공연이다. 실제로 화약을 터뜨리는 권총이 나오고 연기자들이 이미 수백 번 반복해서

버지니아시티에서 볼 수 있는 정통 서부 액션극.

공연했기 때문에 꽤 수준 높은 액션을 보여주었다. 이야기는 서부 마을
에 악당이 등장하면서 선량한 사람들을 죽이고 괴롭히는데 멋진 보안관
이 나타나서 익살스럽게 악당을 응징한다는 간단한 내용이다. 배우들
이 공연 중간중간에 관객들을 무대로 불러들여서 "어디서 왔냐?", "왜
왔냐?" 등등을 물으며 관객과 같이 호흡하는 재미를 선사하기도 한다.

　버지니아시티는 도박과 향락으로 물든 네바다 주에서 유일하게 과거
의 향수를 느끼며 척박하지만 꿈이 있었던 골드러시 시절의 미국을 제
대로 느낄 수 있는 곳이었다. 도박을 위해 르노를 찾는 관광객이 있다면
잠시 하루의 시간을 내서 꼭 버지니아시티를 방문해보라고 권하고 싶

다. 왜냐하면 자살 탁자에서 생을 마감하기엔 이 세상에 재미있는 볼거리와 즐길 거리가 너무 많다는 것을 알려주는 곳이기 때문이다.

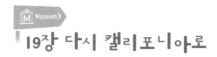

19장 다시 캘리포니아로

Monterey Bay & Mountain View

　　몬테레이베이Monterey Bay는 17마일즈, 페블비치 골프장으로 유명한 미국 캘리포니아의 태평양 연안 마을이다. 골프를 안 치시는 아빠도 페블비치 골프장의 명성을 듣고 우리를 골프장에 있는 카페에 데려가셨다. 그런데 메뉴판 가격을 보고 온 가족이 놀라서 그냥 간단한 음료만 마시고 나온 일이 있다. 세계적으로 명성이 높은 페블비치 골프장에서 골프를 치려면 수백 달러, 혹은 천 달러가 넘는 페블비치 콘도에서 최소한 2박 이상을 해야 라운딩이 가능하다고 하니 이쯤 되면 제대로 바가지인 셈이다. 그래도 몬테레이베이에 대한 기억이 좋은 이유는 수족관 덕택이다.

몬테레이베이 수족관에서의 하룻밤

해마다 여름이면 몬테레이베이 수족관에서는 '서머 나이츠 슬립오버 Summer Nights Sleepover' 행사를 하는데 연간 회원권이 있는 가족에게 저렴한 가격으로 수족관에서 1박을 할 수 있게 해준다. 수족관에 콘도나 숙박 시설이 있는 것은 아니고 각자가 침낭과 캠핑 도구를 가져와서 수족관 아무 곳에서나 자리를 잡고 잠을 잘 수 있게 해주는 것이다.

관람객이 모두 떠나는 저녁 6시에 수족관 야외에 입장해서 밴드의 라

슬립오버 행사에 참여하는 아이들에겐 살아 있는 가오리를 만질 수 있는 기회가 주어진다.

몬테레이베이 수족관에서 슬립오버를 하는 우리 가족. 뒤에 둥근 창으로 상어들이 왔다 갔다 한다.

이브 공연을 들으며 와인 테이스팅을 하다가, 저녁 8시에 수족관 문이 닫히면 실내로 들어가서 낮 시간의 혼잡함 없이 편안하게 수족관을 관람한다. 슬립오버 행사는 아이들이 있는 가족이 많이 참가하기 때문에 아이들을 위한 프로그램이 다양하게 준비되어 있다. 무릎 높이의 바닷물이 찰랑거리는 바닷가 환경을 만들어 그 속에서 움직이는 가오리를 직접 만져보게도 하고, 아이들이 해양 생태계와 관련한 그림을 그릴 수

있게 그림 도구도 넉넉히 준비해놓고 있다. 그리고 간단한 저녁을 제공하는데 수족관에서 먹는 음식은 별다를 것 없는데도 분위기 때문인지 맛있게 먹었던 기억이 난다. 그리고 잠자기 전에는 바다와 관련된 자연 다큐멘터리 영화를 감상하고, 관람 후에 각자가 마음에 드는 자리에 가서 잠을 자면 되는 것이다.

우리 가족은 이런 행사가 낯설었지만 해마다 서머 나이츠 슬립오버 행사에 참여해온 듯한 가족들은 장비부터가 예사롭지 않았다. 달랑 침낭만 가져온 우리와는 달리 공기압축기까지 가져와서 고무 침대에 공기를 주입해 커다란 침대를 만들어 잠을 자는 가족도 있고 텐트를 치고 잠을 자는 가족도 있었다. 실내에서 텐트를 치고 자는 모습은 참 이색적이었는데 한편으로는 부럽기도 했다. 하지만 우리 가족은 좋은 장비 대신 상어가 우글거리는 대형 수족관 앞 명당에 자리를 잡았다.

몬테레이베이의 인구는 겨우 3만 명 남짓이다. 그런데 몬테레이베이 수족관은 미국 서부에서도 상당히 규모가 크고 해양 생태계에 대한 심도 깊은 연구를 하는 곳으로 알려져 있다. 몬테레이베이처럼 작은 도시에 이렇게 훌륭한 수족관이 있을 수 있는 배경에는 끝없이 펼쳐진 태평양에서 해양 생태계를 연구하려는 의욕적인 젊은이들과 이러한 열정을 뒷받침해주는 정책이 있다. 실제로 이곳에서는 고래의 사체가 바다에 가라앉으면 어떻게 해체되는지를 수중 탐사 장비로 관찰하기도 하는데, 가장 먼저 고래의 사체를 먹는 바다 생물은 상어 같은 큰 물고기

자원봉사 할아버지들이 해양 생물에 대해 설명해주고 있다.

로 이들이 살점을 뜯어 먹고 버린 사체를 차례차례 다른 생물들이 먹다가 마지막에는 오세닥스Osedax(남극 신종 벌레) 같은 벌레들이 고래 뼈에 있는 지방을 빨아 먹는다고 한다. 이곳에서는 수년 동안 바닷속을 촬영해서 고래의 사체가 분해되는 영상을 담아내는 데 성공했는데, 이 영상은 학술적으로도 큰 가치가 있을 뿐 아니라 바닷속의 흥미진진한 모습을 보는 것만으로도 특별한 경험을 선사한다. 단순히 바다 생물을 보여주는 장소가 아닌 바다를 탐구하는 전초기지 역할을 한다는 점에서 몬테레이베이 수족관은 우리나라 코엑스나 63빌딩 수족관과는 그 성격이 다르다고 할 수 있다.

또 하나 이 수족관의 빼놓을 수 없는 성공 요인은 자신의 재능을 함께 나누는 자원봉사자들이 넘쳐난다는 데 있다. 몬테레이베이 수족관에서 스태프로 일하는 사람들 대부분은 자원봉사자들이다. 연세가 지긋하신 할아버지 할머니부터 해양 생태계에 대한 해박한 지식으로 수준 높은 설명을 해주는 대학생 누나와 형들까지 모두가 돈을 받지 않고 즐겁게 봉사하고 있다.

몬테레이베이 수족관의 또 하나의 자랑은 바로 해달이다. 바다에 누워 어패류를 자기 가슴에 얹고 작은 돌로 계속 내리쳐서 껍데기를 까 먹는 모습이 정말 귀여워서 아이들의 사랑을 듬뿍 받는 녀석이다. 나와 내 동생 세하도 이 해달들이 보고 싶어서 이곳을 자주 찾았을 만큼 몬테레이베이 수족관의 마스코트 역할을 톡톡히 하고 있다. 지금도 내 침대 옆에는 '오또'라고 이름을 붙인 해달 인형이 놓여 있다.

등잔 밑의 보물, 컴퓨터 역사박물관

여행을 마치고 다시 우리가 살던 팔로알토로 돌아왔다. 내가 사는 팔로알토는 샌프란시스코보다는 산호세San Jose에 더 가까이 있는데 산호세는 미국의 IT 산업을 이끄는 실리콘밸리의 중심이다. 이름만 대면 전 세계 누구나 알 수 있는 유명한 IT 기업들이 이 지역에 모두 모여 있다.

배비지 엔진을 작동하고 있는 모습.

애플, 구글, 휴렛팩커드, 이베이, 야후의 본사가 있는 이 지역이야말로 컴퓨터와 관련한 박물관이 있어야 할 지역이다. 그래서 찾은 곳이 바로 마운틴뷰Mountain View(팔로알토 바로 옆에 있는 도시)의 컴퓨터 역사박물관 Computer History Museum이다.

박물관 입구에는 수백 년 전에 고안된 기계식 계산기가 있었다. 지금은 휴대폰 안에 계산기 기능이 내장되어 있지만 이 계산기를 처음 고안했을 때는 그 크기가 어마어마했다. 배비지 엔진The Babbage Engine이라고 이름 붙여진 이 기계식 계산기는 찰스 배비지가 설계했는데 그 당시에는 너무 복잡한 설비라서 만들지는 못했다고 한다. 이 배비지 엔진은 2002년에야 런던에서 완성되었는데 설계한 지 153년 만에 실제로 만들어지게 된 것이다.

이 계산기는 8,000개의 부품으로 이루어져 있으며 길이는 3.6미터에 무게는 5톤이나 나가는 괴물 덩치이다 보니 조작하는 데 힘이 많이 들어간다. 하지만 지금 내가 손에 쥐고 있는 작은 계산기보다도 계산 능력은 한참 뒤떨어진다. 200년 전의 계산기는 말 그대로 기계 덩어리인데, 숫자의 계산을 기계를 움직여서 해낸다는 발상 자체가 획기적이었던 시대였으니 그 가치는 대단하다고 생각된다. 컴퓨터 역사박물관에서는 하루 두 차례 이 계산기를 작동하는 시연을 보여주고 있었다. 시간을 맞춰서 간다면 '53,209 더하기 23,894' 같은 간단한 계산을 헬스클럽에서 운동기구를 조작하는 듯한 자세로 끙끙거리며 하고 있는 깡마른 백인 아저씨를 만날 수 있다.

컴퓨터 역사박물관은 이름 그대로 과거의 단순한 계산기, 그러니까 컴퓨터라고 할 수도 없는 지극히 단순한 기능을 수행하는 것부터 오늘날의 퍼스널 컴퓨터까지 모든 종류의 컴퓨터가 전시되어 있다. 나는 아날로그 컴퓨터가 있었다는 사실을 이곳에 와서 처음 알았고 종이에 구멍을 내서 컴퓨터가 읽게 만들었던 펀치카드도 처음 보았다. 지금은 너무나도 쉽게 사용되는 기능들이 과거에는 무척 복잡하고 어려웠다는 사실이 놀라웠다. 요즘이야 업로드니 다운로드니 하는 것들이 길을 가다가도 통신망으로 간편하게 이루어지는데, 펀치카드로 입력을 해야 하다니 마치 원시 시대 고인돌을 보는 것 같은 느낌이 들었다. 하지만 아빠는 학창 시절에 펀치카드 같은 OMR카드에 답안을 작성해서 제출하는 시험을 본 적이 있다고 한다. 아날로그 컴퓨터는 지금의 컴퓨터와는 전혀 다른 모습이었다. 마치 오래된 라디오와 세탁기를 합쳐놓은 것처럼 생겼는데 아무리 봐도 친해지기 쉽지 않

구글의 첫 번째 서버.

은 모습이다. 어디 발전소 같은 곳 한편에 갖다 놓으면 잘 어울리게 생겼다. 하긴 퍼스널 컴퓨터가 생기기 전의 컴퓨터는 커다란 기계장치에 불과했을 테니까 어느 정도 이해는 간다.

1943년에서 1946년에 걸쳐 펜실베이니아 대학의 모클리와 에커트가 제작한 최초의 컴퓨터 에니악ENIAC도 이곳에서 볼 수 있다. 진공관 1만 8,000개가 쓰인 에니악은 당연히 엄청나게 클 수밖에 없었다고 한다. 어지간한 아파트 한 채 크기였다고 하는데 박물관에는 그중 일부를 떼어 와서 전시하고 있다. 에니악의 배선은 외부로 나와서 서로 복잡하게 연결되어 있었다. 지금 우리가 사용하는 노트북 컴퓨터는 노트 크기만 한 사이즈에 모니터와 CPU, 기타 장치들이 깔끔하게 케이스 안에 정리되어 들어가 있는데 이렇게 만들 수 있게 된 배경에는 반도체가 큰 역할을 했다. 그러니 진공관으로 컴퓨터를 만들었던 시대에는 지금 손톱만한 컴퓨터 부품이 최소한 장롱 크기였을 테니 굵은 전선이 외부로 나와서 각각 장롱 크기만 한 부품을 연결해줘야 했던 것이다. 에니악은 대포를 발사할 때 포탄이 떨어지는 위치를 계산하기 위한 목적으로 만들었다고 한다. 하지만 지금 우리가 쓰고 있는 노트북만큼의 성능도 되지 않았다고 하니 과학의 발전은 정말 경이로운 것 같다.

컴퓨터 역사박물관에서 오늘날과 전혀 다른 초창기 컴퓨터 모델들을 보고 나니 미래 사회의 컴퓨터는 어떤 모습이 될지 궁금해졌다. 또 컴퓨터 공학자를 꿈꾸는 나에게 미래의 컴퓨터에 대한 영감을 주기도 했다.

이곳의 전시품 중에는 현재 우리가 널리 이용하는 인터넷 검색 엔진 구글의 초창기 서버도 있었다. 냉장고 한 대 크기만 한 서버로 시작한 구글은 이제는 전 세계에서 가장 영향력 있는 인터넷 매체가 되었다. IT 산업은 미국의 새로운 '골드러시' 시대를 열고 있다. 2004년에 창업한 구글이 10년도 채 지나지 않아서 전 세계에서 가장 영향력 있는 인터넷 검색 사이트가 되었다는 '신화' 같은 일이 가능한 세계가 바로 IT 산업이다. 작은 서버로 시작한 구글의 성공을 보면서 나는 시작은 미약해도 사람들이 진정 원하는 것을 만들면 큰일을 이룰 수 있다는 믿음을 갖게 되었다.

박물관 기행을 마치며

미국을 동서로 왕복하면서 크고 작은 박물관을 정말 많이 보았다. 하지만 내가 방문한 박물관은 우주에 떠 있는 별만큼이나 많은 박물관 중 극히 일부분에 지나지 않을 것이다. 하지만 나의 작은 경험으로 박물관에 대해 정의를 내린다면, 나는 "박물관은 사람이다"라고 말하고 싶다. 왜냐하면 사람이 사는 곳에는 박물관이 있고, 박물관에는 사람들의 이야기가 담겨 있기 때문이다. 그리고 무엇보다도 중요한 것은 자신의 삶을 소중히 하는 사람들이 박물관을 만들기 때문이다.

로키산맥의 작은 마을에 있는 조그만 박물관이 내 기억에 남는 이유는 산골짜기 외진 동네지만 자신의 삶을 기록하고자 하는 사람들의 열망이 그들의 박물관 속에 고스란히 담겨 있었기 때문이다. 그리고 그 열망을 실행에 옮긴 그들의 정성 덕분에 한적한 시골에 있는 작은 박물관이 대단한 보물을 숨기고 있는 것처럼 아름답게 느껴졌다. 정부에서 돈을 들여 그럴듯하게 만든 박물관은 아니지만 마을 주민들이 하나둘 집에 있는 오래된 물건들을 가져와서 박물관을 만들었다는 것은 그들이 선조와 자신의 삶에 자부심을 느낀다는 증거다. 그 마을 사람들은 대도시에 있는 그 어떤 웅장한 박물관보다도 자신들의 박물관을 소중하게 여길 것이다.

박물관 탐방은 내게 우리 모두 각자의 박물관을 만들 수 있다는 것을 알려주었다. 우리 마을의 박물관을 만들 수도 있고 우리 가족의 박물관을 만들 수도 있다. 우리가 자신의 역사를 소중하게 생각하고 자료를 모으기만 한다면 가능한 일이지 않을까?

또 중요한 사실은 돈으로 박물관을 만들 수는 있지만 운영은 돈이 아닌 사람이 한다는 점이다. 지역사회에 열의를 가진 자원봉사자들이 많으면 많을수록 박물관은 성공적으로 운영될 수 있다. 미국에 있는 수많은 작은 박물관이 성공적으로 유지될 수 있는 이유는 바로 자원봉사자들의 도움 덕분이다. 사람이 모여서 만들어내는 힘은 상상을 초월한다. 미국 한가운데, 사방을 둘러봐도 들판만 보이는 와메고 같은 작은 마을이 나에게 인상적인 이유는 그곳에 오즈 박물관이 있기 때문이다. 아무리 《오즈의 마법사》 배경지라고 해도 그곳에 박물관이 없었다면 내가 와메고를 방문하는 일은 없었을 것이다. 그 오즈 박물관도 자원봉사를 하는 고등학생, 대학생 형들 그리고 누나들이 없었다면 유지되기 힘들었을지도 모른다.

우리는 흔히 돈이 모든 일을 가능하게 한다고 생각한다. 그리고 돈이 없어서 할 수 없다는 이야기도 많이 한다. 하지만 이 세상에는 돈보다 귀한 것들이 얼마든지 많고 돈이 할 수 없는 마법 같은 기적을 사람의 힘으로 만들어내기도 한다. 이것이 바로 박물관 탐방이 내게 남긴 교훈이다.

내 꿈은 세상을 이롭게 하는 IT 기업의 CEO가 되는 것이다. 이미 제이피엔터테인먼트라는 작은 회사를 차려놓았다. 돈이 있어서 차린 회사가 아니라 꿈을 이루려고 차린 회사다. 나의 꿈은 IT 기술을 이용해 평등한 세상을 만드는 것이다. 내가 운영하는 회사는 돈을 버는 것만이 목표가 아니다. 지역사회에서 얻은 수익은 다시 지역사회에 투자해서 살기 좋은 곳으로 만들겠다는 목표로 일을 할 것이다.

이 세상에는 우리가 생각하지 못하는 차별이 존재한다. 하루에 세 끼를 먹는 아이들도 있고 사흘에 한 끼니만 먹는 아이들도 있다. 지구 한편에서는 안전한 수돗물로도 모자라 비싼 생수를 사서 마시는데 오염된 구정물로 목을 축이는 아이들이 있다. 우리는 모두 평등한 사회에서 산다고 하는데 지구에 함께 살면서 태어난 곳이 다르다는 이유로 누구는 비만을 걱정하고 누구는 굶어 죽는 걸 걱정하고 있다. 미국의 박물관을 탐방하면서 나는 아무리 작고 하찮아 보이는 것이라도 내가 소중하게 생각하면 역사가 된다는 사실을 깨달았다. 그리고 나와 뜻을 같이하는 사람이 많을수록 세상의 흐름을 바꿀 수 있다고 확신한다. 나는 미국에 존재하는 수많은 박물관이 자원봉사자들의 도움으로 굳건하게 지역사회에 자리 잡고 있듯이, 나와 꿈을 같이하는 사람들이 모여서 세상을 보다 더 평등하고 정의롭게 만들 수 있을 거라고 생각한다. 그리고 내가 이러한 희망을 품을 수 있게 된 데는 미국을 일주하며 수많은 박물관을 통해 배우고 체험한 것이 큰 바탕이 되었다고 확신한다.

미국 박물관 로드 50일

펴낸날   초판 1쇄 2013년 12월 15일
         초판 6쇄 2017년 1월 20일

지은이   박재평
펴낸이   김현태

펴낸곳   책세상
주소   서울시 종로구 경희궁길 33 내자빌딩 3층(03176)
전화   02-704-1251(영업부), 02-3273-1334(편집부)
팩스   02-719-1258
이메일   bkworld11@gmail.com
홈페이지 www.bkworld.co.kr
등록   1975. 5. 21. 제1-517호

ISBN   978-89-7013-854-1   03810

이 도서의 국립중앙도서관 출판시도서목록(CIP)은 서지정보유통지원시스템 홈페이지
(http://seoji.nl.go.kr)와 국가자료공동목록시스템(http://www.nl.go.kr/kolisnet)에서
이용하실 수 있습니다.(CIP제어번호 : CIP2013020832)